AFWASSINGEN

Patrick deWitt

Afwassingen

Aantekeningen voor een roman

Vertaald door Saskia van der Lingen
en Caroline Meijer

Nijgh & Van Ditmar
Amsterdam 2013

De vertalers ontvingen voor deze vertaling een werkbeurs van
het Nederlands Letterenfonds

www.nijghenvanditmar.nl

Copyright Nederlandse vertaling © 2013 Saskia van der Lingen
en Caroline Meijer / Nijgh & Van Ditmar
Oorspronkelijke titel *Ablutions. Notes for a Novel*
Houghton Mifflin Harcourt, Boston / New York
Omslag Monique Gelissen
Omslagbeeld Dan Stiles
Foto auteur Palmer Lee
Zetwerk Zeno
NUR 302 / ISBN 978 90 388 9735 6

Voor mijn vader, Gary deWitt
de laatste der oude, stoutmoedige piloten

Een

VERTEL OVER DE STAMGASTEN. Als lelijke vogels zitten ze in elkaar gedoken op een rijtje, hun ogen nat van alcohol. Ze fluisteren in hun glazen en lijken zich ergens over te verkneukelen – waarover, dat zul je nooit te weten komen. Sommigen hebben banen, kinderen, echtgenoten, auto's en hypotheken, anderen wonen bij hun ouders of in passantenmotels en zitten in de bijstand, de merkwaardige sociale mix die je tegenkomt in de delen van Hollywood die niet beheerst worden door filmlampen en het scheppen van illusies. Soms staan er limousines langs de stoeprand voor de ingang; andere avonden wordt het straatbeeld bepaald door politieauto's en ambulances en geweld. Het interieur van de bar doet denken aan een gezonken luxe oceaanstomer uit het begin van de vorige eeuw, met mahonie en messing en donker uitgeslagen bordeauxrood leer bedekt onder een laag stof en as. Geen mens die nog weet hoe vaak de bar van eigenaar is veranderd.

De stamgasten hebben een warme omgang met elkaar maar komen en gaan meestal alleen en zijn voor zover je weet nooit bij elkaar thuis geweest. Dit maakt je eenzaam en herinnert je eraan dat het in deze wereld vol kille, vrekkige harten ieder voor zich is – als je andere kinderen dat vroeger hoorde zeggen ging je meteen op de grond liggen en dacht: maak me maar dood.

Je hebt niet veel op met de Noord-Amerikaanse definitie van het begrip maar deze mensen kun je vermoedelijk wel alcoholist noemen. Ze mogen je, of zijn in elk geval aan je gewend, en als je langsloopt steken ze hun hand uit om je aan te raken, alsof je een gelukspoppetje bent. Ooit vond je dit weerzinwekkend en schoof je met je rug tegen de muur langs de bar om het web van vlezige rode handen te ontwijken, maar inmiddels heb je je ermee verzoend en ben je met de aandacht vertrouwd, vind je het zelfs wel prettig. Het voelt nu eerder als waardering dan als inbreuk, als een blijk van erkenning van je moeilijke taak, en je knikt en glimlacht wanneer de handen om je middel grijpen of over je rug strijken of een por in je buik geven.

Vanaf je post bij de ingang van het zijzaaltje kijk je hoe ze zich in de spiegel achter de bar bekijken. Ze strijken door hun haar en over hun kleren en zijn tevreden over hun spiegelbeeld – wat zien ze toch in hun drabbige silhouetten? Je vraagt je nieuwsgierig af hoe hun levens waren voordat ze hier neerstreken. Hoe vreemd het ook mag lijken, ze moeten ooit stamgasten zijn geweest in een andere bar in Hollywood, maar verkast zijn of verzocht zijn te verkassen en toen een nieuw toevluchtsoord hebben gezocht, blij met het eerste het beste gratis biertje of vriendelijke woord, de flauwe mop van een of andere barman, onherkenbaar verminkt door eindeloze herhaling. En toen nog eens herhaald door de stamgasten.

Je bent ook nieuwsgierig naar hun huidige levens maar ernaar informeren is zinloos – de stamgasten zijn stuk voor stuk gigantische leugenaars. Maar je wil weten wat het met ze is wat hun behoefte voedt om avond aan avond niet alleen hetzelfde pand te betreden maar ook dezelfde barkruk te betrekken en op die kruk aan hetzelfde drankje te nippen. En als een barman vergeet wat het vaste drankje van een stamgast ook alweer was, voelt de stamgast zich miskend en vullen zijn ogen zich met pijn en verlatenheid. Waarom? Het zit je dwars dat de waarheid nooit spontaan aan het licht zal komen en je blijft gespitst op aanwijzingen.

ALS JE VOOR HET EERST in de bar komt werken drink je Claymore, de goedkoopste scotch, de huiswhisky. Dat was je merk toen je nog buiten in de wereld was en je bent blij dat je eindelijk een onuitputtelijke gratis voorraad tot je beschikking hebt. Je werkt al twee jaar in de bar en drinkt grote hoeveelheden Claymore, soms puur, vaak met gingerale of cola, als de bedrijfsleider, Simon, vraagt waarom je geen kwaliteitsmerken drinkt. 'Veel pluspunten heeft dit werk niet, maar ik drink wel de beste drank,' zegt hij. Dus probeer je elke avond een andere scotch of whisky. Er zijn meer dan vijfenveertig soorten scotch en whisky in huis en aan het eind van je zoektocht ben je doodop maar ten slotte vind je de kwaliteitsdrank waar Simon het over had. Je bent iemand die een groot deel van zijn tijd omringd door alcohol doorbrengt en mensen vragen je vaak wat je drinkt, en nu haal je niet je schouders op en kuch je niet maar kijk je ze aan en antwoordt zonder blikken of blozen: 'Ik drink John Jameson finest Irish whiskey.'

JE WORDT VERLIEFD op Jameson Irish whiskey. Als je vroeger een fles drank in je handen hield putte je troost uit de gedachte dat de inhoud je beperkte kijk op de wereld zou afstompen en tegelijk verscherpen maar je gaf niet speciaal om die fles zelf, zoals nu met Jameson, je liet je vingers niet over de reliëfletters gaan en bestudeerde niet het prachtige schrift. Dat is precies wat je op een avond in je eentje in het achterzaaltje staat te doen – je hebt de fles in je handen en je mijmert over de krulletters onder aan het etiket en de naam John Jameson brengt het kinderliedje 'John Jacob Jingleheimer Schmidt' in je hoofd. Je neuriet het voor je uit en dan komt Simon binnen, de man die jou tot de ontdekking van Jameson whiskey heeft gebracht, *die precies dát liedje zingt*. Hij zwaait naar je en loopt door naar de hoofdbar en jij staart hem ongelovig na want zo'n ondoorgrondelijk toeval is niet te verklaren en je wordt bekropen door het gevoel dat dit een heel sterk voorteken is. Goed of slecht, dat weet je niet. Het enige wat erop zit is afwachten.

Nu heeft een groepje dronkaards voorin het liedje opgepikt en zingt het in koor met de stem van een reus op de vlucht.

VERTEL OVER DE SPOOKVROUW die naast de tequilaflessen huist. Als alle vermoorde spoken heeft ze behoefte aan onmogelijke bijstand. Achter de bar is een spiegelwand en wanneer je voor openingstijd de spullen aan het klaarzetten bent zie je of meen je te zien dat vlak achter je schouder en in de weerspiegeling van je brillenglazen steels lichtjes bewegen. Dit gebeurt honderden keren dus je let er niet meer op maar op een avond ben je alleen in de bar bezig en houdt het spook je plotseling tegen met een ijskoude drukstoot precies tussen je schouderbladen. Het voelt alsof alle lucht uit je longen en mond is weggezogen en je kunt niet meer in- of uitademen en je loopt weer door en dit keer voel je niet de ijselijke druk maar rinkelen de tequilaflessen als je erlangs gaat. Je kunt de bar niet onbeheerd achterlaten en je collega's komen pas over ruim een uur en wat je eigenlijk nodig hebt is een lekker groot glas Jameson maar je durft niet voorbij de tequila's om bij het whiskyassortiment te komen. Als je dat gerinkel nog één keer hoort, zeg je bij jezelf, zul je je hoofd op de rand van de spoelbak laten vallen en jezelf knock-out slaan, en je ziet al voor je hoe je bewusteloze lichaam op de rubber mat achter de bar ligt. De spookvrouw heeft haar volledige gestalte aangenomen en hangt over je heen alsof ze je wil verwonden maar jij bent buiten westen en geeft geen sjoege dus lost ze weer op en trekt zich lusteloos terug naast de tequila.

Je hebt een slecht gebit en stinkt uit je mond. De fooien die je krijgt zijn navenant en je hebt bloedstolsels in je mond en raakt stukjes tand kwijt bij het eten van zacht voedsel als aardappelpuree of rijst. Net als je in gesprek bent met de vrouw van de eigenaar komt een hele kies los en blijft zwaar op je tong liggen. Je hoopt hem verborgen te houden maar je praat raar en zij houdt verwonderd haar hoofd schuin. Je bent begonnen te zweten en te blozen en je doet een schietgebedje dat ze niet zal vragen wat er aan de hand is maar zij opent haar mond en stelt precies die vraag. Je slikt de kies door en houdt haar je handpalmen voor om te laten zien dat je niets verbergt. Je bent een eerlijk man met een schoon, hoopvol hart.

Vertel over de nieuwe uitsmijter, Antony, die aan het slot van zijn derde avond per ongeluk iemands duim afklemt. Antony is een talentvolle vechtsporter die erom bekendstaat zijn tegenstanders in de eerste ronde knock-out te slaan en geen pijn schijnt te kunnen voelen. Hij is verbitterd dat hij bardiensten moet draaien om het hoofd boven water te houden en vraagt zich af of zijn managementteam niet meer afroomt dan gebruikelijk is. Hij intrigeert je en je bent onder de indruk van de stelligheid waarmee hij verkondigt uitsluitend naar West Coast hiphop te luisteren. Alles wat buiten Californië is geschreven of geproduceerd laat hem koud; op die regel zijn geen uitzonderingen. Antony valt meteen op je omdat je zo mager en bleek bent. Hij is Porto Ricaan en verbaast zich over je dronken levensstijl. Hij vraagt of je werkelijk maar één cheeto per dag eet en jij zegt dat je er soms, als je echt uitgehongerd bent, twee neemt. Je biedt je aan om dinsdags en zondags met hem te sparren.

Het grote licht is aan en Antony roept dat iedereen moet vertrekken. Hij is er al achter dat de bezoekers alles liever doen dan vertrekken en allerlei smoesjes paraat hebben, maar ze beginnen door hun smoesjes heen te raken en hij is in een slechte bui. Hij heeft ze allemaal naar buiten gewerkt en net als hij de zware stalen deur dicht wil doen roept Simon zijn naam en draait hij zich om. Terwijl hij met Simon praat probeert hij de deur dicht te doen maar die klemt en hij duwt er drie keer met zijn volle gewicht tegenaan en eindelijk valt de grendel in het slot en hij loopt weg maar dan hoort hij buiten iemand brullen en komt terug om door het kijkgaatje te kijken en daar staat de man die zijn duim kwijt is bloedend te tollen en Antony trapt ergens op, later zegt hij dat hij dacht dat het een sigaarstompje was. De duim wordt schoongemaakt en in ijs verpakt en overhandigd aan een vriend van de man die hem kwijt is en samen spoeden ze zich naar het ziekenhuis, en jij plaagt Antony door hem een geweldige racist te noemen die eropuit is onschuldige blanke mannen te ontvingeren. Hij slaat zijn ogen naar je op en je ziet dat hij ontzet is over wat hij heeft gedaan. 'Ik weet hoe belangrijk iemands handen zijn,' zegt hij. Zijn schouders beginnen te schokken en het barpersoneel zwijgt. Vanaf dit moment ben je platonisch verliefd op Antony.

WANNEER JE SLAAPT, droom je de dromen van een slome duikelaar: je poetst asbakken op, vult ijsemmers bij, reikt naar een fles en vindt hem wel of niet op zijn plaats, wisselt namen en aardigheidjes uit met bezoekers die je bekend voorkomen. Deze droombeelden wisselen elkaar in eindeloze rondedans af en zijn wat stof betreft identiek aan je dronken herinneringen. Vandaar dat je maar een vaag idee hebt wat feit is en wat fictie en dus voortdurend niet-gevoerde gesprekken aanhaalt met mensen die je niet kent en nooit wel-gevoerde gesprekken met mensen die je wel kent, uit angst een vergissing te maken. Dus zijn de meningen over jou verdeeld: sommigen vinden je een sukkel, anderen vinden je een hork.

VERTEL HOE JE OM ZEVEN UUR pillen inneemt in de opslagruimte en op een barkruk zit te wachten tot de high inslaat. Onder de voordeur kiert een zwak krijtstreepje daglicht en twee gasten proberen je blik te vangen. Hun glazen zijn leeg en ze willen je aanroepen maar durven niet goed. Waarom zit die vent zo te glimlachen? vragen ze zich af. Het is stil in de bar en de pillen klonteren in je vingertoppen samen als luie studenten in een lege gang.

VERTEL OVER HET EFFECT van vollemaan op het weekendpubliek en de angstige voorgevoelens die je bekruipen wanneer je de maan vol in de hoek van de hemel geklemd ziet staan. Vertel over de kleine krachtpatser die zijn bovenlijf heeft ontbloot en popelt om te knokken. Hij slaat een grotere man met een fles op zijn hoofd en wordt door een uitsmijter vastgegrepen. De krachtpatser neemt zijn tijd om te vertrekken en bouwt er een hele toer van dus als hij eindelijk bij de uitgang is, staan hem op de stoep al een heleboel boze mensen op te wachten. Je loopt naar de deur om te kijken want de wereld is vol kleine krachtpatsers die popelen om te vechten en je hoopt dat er nu eindelijk eentje klappen krijgt of voor jouw part vermoord wordt.

De krachtpatser staat achter twee uitsmijters en schreeuwt vloekend dreigementen naar de mensen op de stoep; de man met de hoofdwond staat voor aan de meute, trots op zijn bebloede gezicht. Zijn verwonding heeft een subtiele grootsheid in hem wakker geroepen en hij likt het bloed op en zijn ogen schitteren woest en het is precies zoals hij zegt: hij gaat die krachtpatser afmaken. De uitsmijters lopen geen gevaar maar voelen er weinig voor een schurk te beschermen en omdat de krachtpatser weigert zijn bek te houden leveren ze hem ten slotte uit om te worden afgeslacht. Hij wordt tegen de muur van het pand gedreven en is tot op het laatst zeker van zijn overwinning en hij daagt de meute van twintig man uit om op te komen en krijgt antwoord in de vorm van een enorme vuist in zijn gezicht. De vuist behoort toe aan de man met de hoofdwond, die verrukt is van zijn stoot – en terecht, het is als in een heldendroom. De krachtpatser gaat tegen de grond en de meute zwermt over hem heen op zoek naar zwakke plekken.

VERTEL OVER CURTIS, een trieste zwarte stamgast met een fetisj voor de sterke arm. Hij draagt een bloezend leren motoragentenjack en een agentenzonnebril met spiegelglazen en een zwaar leren pistoolholster zonder pistool erin. Hij heeft ook een holster aan zijn riem voor zijn Zippo-aansteker; hij kent een heleboel trucjes waarin die aansteker figureert en om die te kunnen vertonen biedt Curtis mensen voortdurend sigaretten aan hoewel hij zelf niet rookt. Hij lijdt aan een pigmentstoornis en zijn beide handen zitten van de knokkels tot aan de vingertoppen onder de rauwe roze vlekken. Hij laat de jukebox keer op keer 'Memory Hotel' van de Rolling Stones spelen, een nummer waar je ooit van hield maar dat hij voor je verpest heeft. Hij zingt mee om maar te laten horen dat hij het woord voor woord kent en zijn tong rolt als een tentakel uit zijn mond, tussen de vuile paarse gordijnen van zijn tandvlees. Zijn haar is kort en aan de zijkant opgeschoren; hij heeft een kaal plekje ter grootte van een dollarmunt waar hij een zalf op smeert die naar eieren stinkt, een geur die je geregeld attendeert op zijn aanwezigheid. Hij buigt zijn hoofd diep voorover en vervolgens ver naar achteren bij het

drinken en zijn hals rekt zich als uitgetrokken dra-
den karameltoffee.

Hij heeft een hele rits irritante gewoonten, waarvan het overnemen van jouw merk drank niet de
minste is. Toen jij bijvoorbeeld de uiteindelijke over-
stap naar Jameson maakte, ging hij met je mee. Toen
je last kreeg van je lever en gingerale bij je whisky
ging schenken en je borrels begon weg te spoelen
met cranberrysap, deed Curtis dat ook. Dit zou de
meest oprechte vorm van vleierij kunnen zijn maar
waarschijnlijk is het hem erom te doen in jouw on-
derbewuste het weerzinwekkende idee te planten dat
jij en hij verwante zielen zijn. Bovendien maakt zijn
na-aperij het voor hem makkelijker om te roepen dat
je er maar twee van moet maken als hij je naar de
fles ziet grijpen om jezelf in te schenken. Zodra de
drank door zijn keel is gegleden bombardeert hij je
met complimenten en hinnikt om het lulligste grapje
dat je maakt, al kan niet gezegd worden dat hij uit is
op vriendschap, alleen op gratis whisky. Die schenk
je hem, want hij drinkt al jaren van het huis en het
enige alternatief zou zijn een serieus gesprek met
hem voeren en zogezegd met hem breken, en tenslotte is het niet jouw whisky en het is makkelijker
om whisky weg te geven dan zo'n intiem gesprek aan
te gaan met iemand die je avond aan avond uit alle
macht vermijdt zelfs maar aan te kijken.

Curtis is niet altijd zo geweest. In het begin was
hij een modelklant. Hij gaf goede fooien en bestelde
rondjes en betaalde andermans rekeningen en hielp

aan het eind van de avond met schoonmaken of bier aanvullen en reageerde op een innemende manier verlegen als je hem ergens voor bedankte. Hij werd nooit erg dronken, loerde nooit naar vrouwen, sprak zelden, en nooit over zichzelf, en hield nooit binnen zijn zonnebril op. Iedereen vond hem aardig, jijzelf incluis, en je overstelpte hem met warmte en dankbaarheid, en op den duur ook met alcohol.

In het begin weigerde hij aangeboden drankjes steevast. Hij deed dan alsof hij geschokt was, alsof zoiets wel het laatste was waaraan hij dacht. Later nam hij er af en toe een aan, maar alleen als je aandrong, en dan weerspiegelde zijn waardering voor het gebaar zich in zijn fooi. Maar geleidelijk aan begon hij steeds vaker drankjes te accepteren en op den duur, na een maand of zes, was duidelijk dat Curtis een van degenen was die dronken van het huis. Toen dit eenmaal vaststond, toen hij eenmaal deel geworden was van het meubilair, toen hij eenmaal *stamgast* was, begon hij te veranderen of, volgens jou, zijn ware aard te tonen, te laten zien wat voor iemand hij al die tijd al was. Hij kreeg belangstelling voor vrouwen en werd zo iemand die hen benaderde en lastigviel; hij dronk door tot hij dronken was en vertelde over zijn leven, of liever, hing leugens op over zijn leven, heel slappe leugens, te slap om aan te pakken en te ontzenuwen; hij hielp niet meer mee met de klusjes na sluitingstijd maar bleef wel hangen en leverde dan commentaar en aansporingen waar niemand op zat te wachten; en uiteindelijk verwelkten zijn fooien van tientjes tot vijfjes tot ééndollarbiljetten tot kleingeld tot helemaal niets meer en dat was nog het ergste aan de nieuwe Curtis, want hij probeerde het tekort in de fooienpot te ondervangen met zijn opgedrongen nepvriendschap. Nu staart hij net zo lang en doordringend naar je tot je zijn blik wel moet beantwoorden en wenkt je naar zich toe alsof jullie makkers zijn die elkaar de meest fantastische belevenissen te vertellen hebben. Hij dist je een doorzichtig verzinsel op over een denkbeeldige vriendin en vraagt dan met een kneepje in je schouder of je nog wel iets te drinken hebt, en als je nee zegt stelt hij voor er samen nog eentje te nemen. Als je ja zegt vraagt hij je om even te wachten zodat hij je kan bijhouden en bestelt dan met de nederigheid van een reptiel een dubbele whisky met een biertje, doet er niet toe welk, als het maar koud is, als het maar geen Budweiser is of Pabst of Tecate en dan noemt hij alle bieren op behalve Guinness, het duurste, waar het hem van begin af aan om te doen is.

Het is al zo lang geleden dat Curtis de modelklant was dat de meesten zich die fase niet eens herinneren, of anders zeggen ze dat hij alleen bij uitzondering fooien gaf en meehielp. Degenen die het zich wel herinneren nemen aan dat Curtis tegenslag heeft gehad en hebben medelijden met hem, maar jij weet dat hij een baan heeft in een Kinko's copyshop want je hebt hem daar aan het werk gezien toen je er een keer langsreed. Hij zou nog steeds fooien kunnen geven maar kiest ervoor het niet te doen, en je denkt dat hij al het barpersoneel heeft bestudeerd en tot de conclusie is gekomen dat niet één van het stel zijn of haar taak serieus genoeg opvat om een streep te zetten onder zijn ellenlange openstaande rekening, en dat heeft hij goed gezien. Soms zie je die wetenschap in zijn ogen glinsteren, en zie je hoe graag hij die met iemand zou delen, wie dan ook, maar hij durft niet want hij is bang zijn wankele positie in de waagschaal te stellen en elke keer dat hij een drankje krijgt is hij geweldig opgelucht en lacht hij hardop en denkt bij zichzelf: hoelang zullen ze me hier nog gratis drank schenken?

Op een avond zit hij dronken in het oor van een alleengekomen vrouw te fluisteren. Je kunt niet horen wat hij zegt en wil het niet horen ook maar de vrouw is beledigd en je ziet haar achteruitdeinzen en hem haar drankje in het gezicht gooien en ze noemt Curtis een loser en zijn lachwekkende uitdrukking van afschuw maakt de definitie van het begrip aanschouwelijk en tot je ontzetting dringt de ware betekenis eindelijk tot je door: een loser is iemand die verloren heeft, die verliest en de rest van zijn leven zal blijven verliezen tot hij dood en begraven is. De vrouw verlaat de bar en Curtis trekt zich terug in de wc om zijn gezicht en zijn holsters af te drogen. Hij komt terug alsof er niets is gebeurd en voordat hij de telepathische aanval op je kan openen grijp je naar de fles Jameson en schenkt twee dubbele borrels in. Curtis wil op de vriendschap proosten maar jij gaat voor gezondheid, en hij haalt zijn schouders op en giet de whisky door zijn keel en je ziet zijn amandelen glinsteren als hij zijn hoofd in zijn nek buigt voor de laatste slok.

Tegen de tijd van de laatste ronde ligt hij met zijn gezicht op de bar en glanst zijn kale plek vettig in het lamplicht en voel je een zekere warmte voor hem omdat zijn hoofd en schedel iets kinderlijks hebben, iets onschuldigs en delicaats, en je bent bezorgd voor de schedel die daar ligt te sluimeren en je bedenkt dat je hem veilig in watten verpakt in een kast zou moeten opbergen, maar als hij zijn rode ogen opslaat om je aan te kijken, sijpelen alle tedere gevoelens weg en blijft er niets van over. Je haat hem nu en zegt dat hij naar huis moet en hij draait zich om naar het groen oplichtende bordje EXIT boven de deur. Hij geeft aan de instructie gehoor en loopt waggelend de nacht in. 'Tot morgen,' roept hij achterom, en jij zet je tanden in de knarsstand. De spoelbakken staan vol koud bruin water en als je er een armvol vuile glazen in laat vallen hoor je het gedempte geluid van onder water brekend glas en je wil je handen erin steken en openhalen maar je trekt alleen de stop eruit en kijkt naar de berg glasscherven, glanzend onder het lugubere rode licht van de bar.

JE BENT ZO IEMAND die graag denkt dat hij, mocht hij ooit door een haai worden aangevallen, in het vervolg rustig in de oceaan kan zwemmen omdat het statistisch uitgesloten is dat het nog eens gebeurt. Iets dergelijks voel je ook met betrekking tot de spookvrouw: je hebt je quotum doodsschrik bereikt en ze zal je niet meer lastigvallen. Je ziet haar niet meer in de spiegels en hoort de flessen niet meer rinkelen en je houdt je voor dat die drukstoot maar verbeelding was, een van je bardromen. En toch denk je nog steeds aan haar en knoop je van tijd tot tijd een gesprek met haar of je voorstelling van haar aan en stelt vragen als: 'Hoe denk je dat het vanavond met me zal gaan?' en 'Wat zeggen de bazen over mij als ik er niet bij ben?' maar ook: 'Heb je het koud?' en 'Draag je het gewicht van de wereld persoonlijk op je schouders?' en, één keer: 'Zie je hoe anders jonge vrouwen zich tegenwoordig kleden?' Er huist een stem in je hoofd die deze en andere vragen beantwoordt. Het is een wijze, ongeslachtelijke stem en je cultiveert de klank ervan en bent er trots op dat je zo'n bijzonder wezen hebt geschapen, maar soms beangstigt de stem je, want die schijnt dingen te weten die jij niet weet. Je wordt bijvoorbeeld vaak geprikt en gestoken door scherven van glazen en flessen en je handen zitten onder de kleine sneetjes. Je verzint een spelletje waarbij je je handen door het hete water haalt en met je ogen dicht de wondjes probeert aan te wijzen en te tellen, maar door de pijn vervaagt het onderscheid en als je je ogen opendoet om te zien of je het goed had heb je altijd een of twee sneetjes gemist of een of twee sneetjes extra gemaakt, en dan lach je om je eigen stomme gedoe.

Op een avond, na sluitingstijd, als je alleen bent en je handen door het hete water haalt, vraagt de stem of je nu nóg niet klaar bent met je afwassingen. Je kent het woord niet en noteert het om het de volgende dag op te zoeken. Op bladzij 16 van het vreemdewoordenboek lees je: 'ceremoniële reiniging van het lichaam of een deel ervan (religieuze handeling)'. Je weet zeker dat je het woord nooit eerder hebt gehoord, want je bent niet godsdienstig opgevoed en hebt nooit een kerk of tempel vanbinnen gezien, en je zet het woordenboek terug op de plank en zweert dat je nooit meer dat spelletje van je wonden tellen zult doen.

AAN HET EIND VAN DE AVOND rijd je steevast dronken naar huis maar je bent nog nooit door de politie aangehouden want je auto, een Ford LTD uit 1971, is magisch. Over de lege straten en wegen is het twintig minuten rijden van de bar naar je huis en je had eigenlijk al honderd keer aangehouden moeten zijn, maar de auto beschikt over krachten die de politie blind en doof maken voor je geslinger en je gierende banden zelfs als ze pal achter je rijden. Soms herinner je je de rit naar huis niet eens en ontdek je later pas deuken en krassen op de voor- en achterbumper, maar elke ochtend word je in je eigen bed wakker en niet in een politiecel en je vraagt je af of hij zo van de montageband is gerold of magisch is geworden sinds jij er de eigenaar van bent.

Je gelooft dat de magie van de Ford almaar toeneemt net als geld op de bank, als een traag bloeiende bloem, maar je hebt hem al vanaf je zestiende en dus wil je er ondanks die krachten niet meer in rijden en heb je ook geen zin om nog langer tegen de aftandse carrosserie aan te kijken en je zet hem op stal in de carport, waar hij uiteindelijk onderdak biedt aan een valse zwerfkater en diverse soorten spinnen die met hun webben het interieur opsieren als met kanten kleedjes. Je zet een advertentie in de krant in de hoop hem te verkopen maar wie wil er nou een auto in deze staat: het opvouwbare dak is permanent opengeklapt, de kentekenplaten zijn van een andere staat, het stuur heeft een kwartslag speling, de portieren gaan niet open, het rechterachterwiel zwabbert, de zittingen zijn aan flarden, de radio gaat spontaan aan en uit en het gaspedaal blijft hangen als je het helemaal intrapt. Je vertelt potentiële kopers over het vernuftige talent van de auto om de politie te ontwijken, maar zij wijzen slechts naar de roest en de kapotte achterlichten en vertrekken weer, met spijt vanwege hun verspilde tijd. Uiteindelijk doe je geen moeite meer de Ford te verkopen en ga je naar je werk in de Toyota van je vrouw.

De Toyota is niet magisch en het lijkt of telkens wanneer je dronken achter het stuur zit de politie in je achteruitkijkspiegel op de loer ligt. Telkens wanneer dit gebeurt neem je je voor de politie bij aanhouding meteen te zeggen dat je dronken bent en te vragen of ze je onmiddellijk willen opsluiten, maar om de een of andere reden worden de rode en blauwe lichten nooit aangezet en zoeft de politieauto je voorbij op weg naar een dodelijk ongeluk of zo. Met trillende handen rijd je een zijstraat in, waar je stilhoudt om de sancties van rijden onder invloed te overdenken en je zweert nooit meer dronken achter het stuur te kruipen en de hele volgende dag voel je je rechtschapen en superieur maar in de loop van de avond verlies je je voornemen uit het oog en 's nachts zit je weer dronken achter het stuur. Het maakt je somber dat je een belofte aan jezelf niet kunt nakomen maar je hinkt wat dit aangaat op twee gedachten. Die twee gedachten zijn strikt gescheiden en functioneren onafhankelijk van elkaar. Ze kunnen daar prima mee leven en zijn niet van plan er verandering in te brengen.

Je geluk wankelt. Iemand geeft je een handvol pillen die je oppeuzelt bij je dagelijkse whisky en naarmate ze beginnen te werken neemt de liefde in je hart toe en vraag je je af of dit niet is hoe heiligen zich voelen. Maar je drinkt meer en meer en het gevoel raakt versluierd onder lelijke wolken en aan het eind van de avond ben je niet meer tot spreken in staat en loop je naar de benzinepomp om aspirine te kopen. Je slist en de Arabier achter het kogelvrije glas mag je niet. Nu staat hij over je heen gebogen en schudt je wakker: je bent in de wc van de benzinepomp in slaap gevallen, al heb je geen idee waarom je daar binnen bent gegaan of hoelang je er geweest bent. Je keert terug naar je auto en vindt een briefje op de voorruit: 'Waar bent u gebleven?' Het briefje is niet ondertekend en de liefde in je hart is verdwenen. Het voelt alsof die er nooit geweest is.

Je rijdt weer. Een auto komt je tegemoet op jouw weghelft en een botsing lijkt onafwendbaar. De remmen van beide auto's blokkeren maar de schade valt mee. Je stopt aan de kant van de weg en uit de andere auto springt een man die je fysiek wil aanvallen. Het was niet hij die op de verkeerde weghelft reed maar jij, en zijn voorbumper is gedeukt en hij is woedend. Hij is één bonk spieren en het ziet ernaar uit dat je klappen gaat krijgen voor je achteloze rijgedrag. Je bloed is als lood in je aderen en je bent in verwarring over wat er gebeurd is en de man vraagt of je dronken bent en je zegt dat je nooit drinkt, zelfs geen wijntje op zondag, aangezien je streng gelovig bent en de overtuiging aanhangt dat alcohol geschapen is door de duivel in eigen persoon. Je slaagt erin dit zonder stamelen uit te brengen en de man doet een stap achteruit om naar je te kijken. Door je verklaring is zijn woede uit elkaar gespat en nu probeert hij die uit alle macht weer bij elkaar te rapen. Lukt het hem dan zal hij zijn oorspronkelijke plan doorzetten en jou dezelfde schade toebrengen als jij zijn auto hebt toegebracht, maar intussen is aan de overkant van de weg een dronken bestuurder aangehouden en de houding van de man verandert. Aan de blik in zijn ogen zie je dat hij bang is voor de politie en je concludeert dat er een aanhoudingsbevel tegen hem loopt, of anders dat hij zelf dronken is of drugs in zijn auto of op zak heeft. De man herhaalt dat hij denkt dat je gedronken hebt, en wijzend naar de politie vraagt hij wat je zou zeggen van een ouderwetse nuchterheidstest. Wetend dat de man bluft zeg je dat dat prima is en je schraapt je keel als om de politie te roepen en op hetzelfde moment legt de man een hand op je arm om je tot zwijgen te brengen. Hij noteert je adres en kenteken en vloekt maar zijn woede is verdwenen en zal niet terugkeren.

De dronken bestuurder aan de overkant zit achter in de politieauto en de agent kijkt naar jullie. Hij is nieuwsgierig en lijkt te willen oversteken om jullie aan te spreken en je zegt dit tegen de man tegen wie je bent op gebotst en hij is bang. 'Laten we doen alsof we goede vrienden zijn die afscheid nemen,' zeg je, en je pakt de hand van de man om die te schudden. 'Oké!' zeg je. Dit is wat je denkt dat de ene goede vriend om drie uur 's nachts aan de kant van de weg in Hollywood tegen de andere goede vriend zou zeggen. 'Oké!' zeg je nog eens. 'Oké!' zegt de man. Hij knijpt je hand fijn en je glimlacht. 'En toch weet ik zeker dat je dronken bent,' fluistert hij. Je knipoogt en stapt weer in de Toyota. De agent is niet langer geïnteresseerd en is bezig formulieren in te vullen op zijn dashboard; van achter in de patrouilleauto kijkt de dronken bestuurder je aan. Je wijst naar hem en leegt een denkbeeldige fles in je keel, en hij knikt. Hij wijst naar jou en leegt een denkbeeldige fles in zijn keel en jij knikt. Dan wijst de dronken bestuurder de lucht in, naar de hemel, en naar zijn hart. Een prachtig gebaar van een man op weg naar het gevang en terwijl je de auto weer start besluit je er een potje om te janken. De hele weg naar huis probeer je te janken maar je komt slechts tot een hoestbui en wat gekreun. Je had gehoopt dat je huilbui zo overweldigend zou zijn dat je gedwongen was de auto aan de kant te zetten om je tranen vrij baan te geven, maar je komt thuis zonder een traan te hebben geplengd. Je valt in slaap in de Toyota en als je wakker wordt baad je in het zweet en is je vrouw je aan het slaan en krijst ze in wat wel een andere taal lijkt en zeg je: 'Oké! Oké! Oké!' Ze wil meer weten over de schade aan de voorkant van de auto en met haar gescherpte rode vingers klauwt ze als een krankzinnige naar de ochtendlucht.

CURTIS RAAKT ZIJN BAAN KWIJT en begint spullen uit zijn flat mee naar de bar te nemen als fooi: stereoapparatuur, dvd's, een videocamera en cd's. In het begin zijn deze gaven nog verpakt als cadeau met daarop de naam van de afzonderlijke werknemer voor wie het bedoeld is maar met het slinken van zijn bezittingen vult hij zijn sporttas steeds vaker lukraak met voorwerpen die nog in zijn kamer rondslingeren – voornamelijk boeken, verminkte, uitzinnig met stift gemarkeerde teksten die een al te intieme inkijk bieden in Curtis' privéleven: *De geschiedenis van SM in beeld*, *Worstelen voor Dummy's*, *Zelf bommen maken in drie stappen*. Als er niets meer over is om weg te geven propt Curtis pornoblaadjes in zijn jaszakken en deelt die in de loop van de avond zonder aanzien des persoons uit, waarbij hij de mond vol heeft van vriendschap en duurzame opgewektheid en het belang van onderlinge loyaliteit. Je schenkt hem nu alleen nog in om jullie gesprekken te bekorten en zijn steeds psychotischer blik af te leiden. Niemand anders lijkt zijn verval op te merken, maar je verwacht dat hij binnenkort instort en met een mes tekeer zal gaan of een pijpbom de bar in dunkt. Je romp zal van je onderlijf gescheiden worden en je benen zullen de cancan dansen en de deur uit huppelen, over Santa Monica Boulevard westwaarts richting de oceaan.

Na sluitingstijd staat Curtis naast de Toyota te wachten. Hij wil een lift naar huis. Je bent dronken en kunt geen smoes bedenken om hem af te wimpelen en je loopt om de auto heen om het portier voor hem van het slot te halen alsof jullie een date hebben. Zwijgend rijden jullie door de stad en dan barst hij zomaar, uit het niets, op je schouder in snikken uit. Je weet niet wat je moet doen. Je wil op een muur inrijden en sterven. Hij is ook dronken en praat door een schuimend masker van spuug; nu zal hij je zijn verhaal vertellen. Hij is zijn huis uitgezet, zegt hij, maar breekt in in zijn flat om zittend in de kast te slapen. De nieuwe huurders kunnen elk moment hun intrek nemen en hij leeft met de voortdurende angst van hun komst en de afgelopen week heeft hij geen nacht langer dan drie uur geslapen en de weinige uren slaap die hij had werden verstoord door nachtmerries. (Hij staat aan zee te kijken hoe twee grote rode vissen achteloos elkaars kop opeten. Al snel zijn het twee spartelende, bloed spugende staarten.) Je betuigt je medeleven maar hebt diep vanbinnen het gevoel dat Curtis

[31]

zijn bestemming in het leven bereikt heeft, dat hij dromend over moordzuchtige zeedieren in een kast hóórt te zitten, dat hij het verdíént om in een staat van eeuwig onbehagen te leven. En toch is dat een afschuwelijk lot, en je legt een meelijdende hand op zijn schouder en zegt tegen hem dat alles vanzelf goed zal komen.

'Wanneer?' vraagt hij.

Met lopende motor sta je voor wat wel/niet Curtis' flat is en hij buigt zich naar je toe, pakt je hand vast en vraagt in volle ernst of hij bij jou en je vrouw mag komen wonen. Hij kan jullie geen huur betalen maar is handig in doe-het-zelven en vindt het best om de boodschappen te doen. Hij zegt dat het hem drie tot vijf maanden zal kosten om weer op te krabbelen, en door de duisternis en nevel in je dronken kop bekruipt je een visioen van Curtis die in zijn onderbroek op de bank in je huiskamer tegen de televisie zit te schreeuwen. Dit vervult je met hysterische vrees en de lachbui waarin je vervolgens uitbarst is volkomen onbedwingbaar. Nu is Curtis verdrietig en weigert hij uit te stappen. Hij vraagt je vijf dollar en je geeft hem twintig en je beseft dat je getuige bent van de geboorte van een dakloze, en nooit meer zul je zo iemand zijn die bij het zien van een zwalkende dronkenlap zegt: 'Hoe heeft hij zo diep kunnen zinken?' Op de bijrijdersstoel mompelt Curtis bitter voor zich uit; bijna alsof hij de pruttelende motor nadoet. Pruttel pruttel pruttel – het is een lange zaterdagnacht geweest en je bent moe en het geluid sust je in slaap en

als je 's ochtends wakker wordt ben je alleen en zit de
auto zonder benzine.

VERTEL OVER HET FLATGEBOUW tegenover de
bar. Op straatniveau zit een massagesalon en twee-
maal zie je iemand van hoog uit een raam op de stoep
te pletter vallen. Je steekt niet over om de gevolgen in
ogenschouw te nemen maar de aanblik van de vallende lichamen veroorzaakt pijn en verwarring in je
hart. Ze vallen met zekerheid of zelfvertrouwen, alsof
ze sneller willen vallen dan ze al doen. (In je dromen
is het en zal het altijd dit gebouw zijn waar de lichamen uit vallen. Je staat altijd op het trottoir te roken
en kijkt naar het punt van hun vertrek.)

Je vraagt er niet naar maar hoort de uitsmijters
toevallig over het gebeurde spreken en komt te weten dat het de eerste keer zelfmoord was, de tweede
keer moord. Een derde vallend lichaam volgt op een
avond dat je ziek thuis bent en het voelt alsof je een
belangrijke afspraak hebt gemist. Tony, de man die na
sluitingstijd de lege flessen ophaalt, zit met een biertje mee te luisteren naar het gesprek over het gebouw
en de lichamen en leunt naar voren en zegt dat het de
wil van het gebouw is om zijn bewoners naar buiten
te werken. Zijn hand beschrijft een fladderende boog
en hij zegt: 'Het Verschrikkelijke Gebouw Dat Mensen Uitbraakt.'

VERTEL OVER SIMON, de bedrijfsleider van de bar.
Geboren en getogen in Johannesburg, Zuid-Afrika,

emigreerde hij op twintigjarige leeftijd naar Hollywood na het winnen van een modellenwedstrijd. Nu hij veertig is, is zijn haar nog steeds witblond en vol, zijn lichaam nog steeds fit en bruinverbrand, maar begint zijn gezicht na twee decennia alcohol- en cocaïnemisbruik uit te zakken en doen zijn dromen van succes als acteur met de dag minder ter zake. Hij scharniert bij de heupen als een action man en debiteert staccato kwinkslagen en overtollige persoonlijke informatie van een schokkende redundantie. Als hij bijvoorbeeld voor de zoveelste keer heeft besloten te stoppen met drinken zal hij dat de hele avond tot in den treure herhalen, of men nu geïnteresseerd is of niet. 'Het gaat erom dat de geest sterker is dan de materie, vriend,' zal hij zeggen. Een paar dagen later zal hij dezelfde mensen vertellen dat hij van plan is zich drie lange maanden te onthouden. Hij gaat 'de lever een adempauze gunnen, makker'. Zit hij een week later weer aan de tequila en confronteer je hem met zijn eerdere uitspraken dan hult hij zich in onwetendheid of beweert dat het een grap was. Hij is het type dat in de sauna zijn handdoek laat vallen zodat je wanneer je kijkt – je kunt niet anders dan kijken – zijn gebeitelde billen en onbesneden penis ziet, een beeld dat nog dagenlang voor je geestesoog flikkert, als een doodsdreiging.

Als bedrijfsleider heeft Simon de ondankbare taak het personeel in de hand te houden, en soms staat hij ineens tegen je te schreeuwen. Hij schreeuwt alleen als je erg dronken bent en de ernst van zijn verwijt ontgaat je dus altijd en als hij de volgende werkdag zijn verontschuldigingen aanbiedt weet je niet waar hij het over heeft maar vergeef je hem toch en dan brengt hij twee borrels zodat jullie de vrede kunnen herstellen en jij leegt het glas en denkt: zo moet het voelen om een stiefvader te hebben.

ELKE OCHTEND BIJ HET WAKKER WORDEN vraag je je af hoe ernstig je kater zal zijn. Je bent deels nog in slaap of deels dronken of allebei en eerst kun je je eigen lijden niet peilen, en je steekt een hand uit en vraagt je af: Hoe voelt deze hand zich? Hoe staat het met de arm, de schouder, de borst, de tors? Is er pijn of een akelig gevoel in de benen? Wat is de score boven de nek op een pijnschaal van één tot tien (één is de tik van een vinger tegen je schedel, tien is dood)? Je knippert met je ogen om te testen hoe gevoelig ze zijn voor licht en rekt je nek uit om je wervelkolom te strekken en de zwaartekracht drukt op je gezwollen, uitgedroogde hersens en je inspecteert je lichaam op wonden of beursheid. Je bent je eigen dokter, meelevend maar in laatste instantie afstandelijk.

Je vrouw komt de kamer binnen en je gaat rechtop in bed zitten om haar te begroeten, een plotse beweging die openbaart dat je een ontzaglijke kater hebt en behoorlijk pijn lijdt. Je lichaam gonst en je bloed lijkt tegen de richting in te stromen en je kunt je bloed horen kolken en probeert dit geluid voor jezelf te beschrijven: Een speelgoedlocomotief onder water. Een propellervliegtuig dat bromt in de lucht. Het vliegtuig gaat schuil in mist. Het is vijftien kilometer ver weg.

Je vrouw vouwt en ontvouwt lakens. Ze vraagt hoe je je voelt en je antwoordt met het woord 'prima'. Ze zegt dat je de nacht tevoren een dronken indruk maakte, dat je aan het zingen was, en je zegt haar dat je niet dronken was maar vrolijk. Ze hoorde je vallen in de badkamer, zegt ze, en je beweert dat je uitgleed over een sok. Het was niet jouw sok maar de hare en je had wel bewusteloos kunnen vallen. Je had wel dood kunnen zijn. Je vrouw zegt hier niets op maar zucht, en je zegt dat ze de aspirines in het badkamerkastje maar moet natellen als ze je nog steeds niet gelooft (ze telt altijd de aspirines in het badkamerkastje), want als je dronken was geweest, zoals zij beweert, zou je er vast wel een paar geslikt hebben voor je naar bed ging. Tel de aspirines maar, zeg je weer, dan zie je dat er niet één ontbreekt, maar ze komt niet van haar plaats, knikt alleen maar, en je ziet aan de droefheid van het gebaar dat ze zelf al heeft vastgesteld dat er geen aspirientje ontbreekt. Ze loopt naar de keuken om een kop thee voor zichzelf te zetten en er klinkt een harde dreun als ze de ketel in de gootsteen zet om hem te vullen en je verkrampt bij het geluid en draait je kussen om in de hoop je whiskywarme gezicht te koelen tegen het koelere katoen.

Je vrouw verdenkt je er al langer van dat je op weg van je werk naar huis heimelijk aspirine koopt en slikt, en doorzoekt de auto dagelijks op lege Advil-verpakkingen en onthullende kassabonnen van de

7-Eleven. Deze zoekacties leveren nooit iets op, want je verwijdert alle aspirinebewijzen zorgvuldig, maar ze is ervan overtuigd dat je iedere nacht op zeker moment aspirine op een buikvol whisky laat drijven en je lichaam onherstelbare schade toebrengt waardoor jullie tijd samen wordt verkort. Ze heeft gehuild om je aspirinemisbruik en je er ooit om vervloekt en geëist al je aspirinegeheimen te kennen, maar je hebt slechts je armen om haar heen geslagen en haar leugens opgedist. (Ze wist dat je haar leugens opdiste.) Wat ze niet weet is dat je een potje aspirine achter in de kast bij je werktafel hebt verstopt en dat je ze slikt alsof het multivitaminepillen zijn. Wat ze niet weet is dat je ooit, in een andere buurt, en verborgen voor een andere vrouw, aspirine verstopte in het handschoenenvakje van je magische auto. Ooit verstopte je je aspirine in een schoenendoos, ooit in een akoestische gitaar. Je hebt je aspirine altijd moeten verstoppen voor de een of andere speurneus van een vrouw die het nodig achtte je hulpeloze organen te hulp te schieten. Vertrok de vrouw dan verplaatste je je aspirine naar het badkamerkastje en schrokte je ze vrijelijk en zonder vrees voor een uitbrander naar binnen, maar vroeg of laat kwam er een nieuwe vrouw die je levensstijl ongezond verklaarde en was je gedwongen het potje weer te verstoppen. Deze gang van zaken brengt jou en je aspirine alleen maar nader tot elkaar en je vat er een gedwarsboomde liefde voor op. Het is een gedoemde liefde die zal eindigen in ellende en dood.

De ketel van je vrouw kookt nu (ze straft je door de fluit te laten fluiten) en als kwik in een thermometer komt er abrikooskleurig gal uit je maag omhoog. Als je vrouw je brakend aantreft zal er geen discussie meer zijn of je nu wel of niet een kater hebt en zijn je plannen voor de dag verruïneerd. (In het nachtelijk uur droomde je van een koel filmpaleis met een rimpelend rood gordijn dat wordt opgetrokken om afleiding te bieden voor het leed van de aanstaande dag.) Onder het whiskyzweet sta je op uit bed en je hoofd duizelt en klopt en je loopt als een getergde gebochelde, eerst naar je werkplek voor de aspirine en dan naar de badkamer, waar je de douche en de radio aanzet en op je knieën valt voor de wc-pot.

Je bent een geoefende stille braker. Je zucht niet, je kreunt niet, je ademt niet zwaar, je braakt op het porselein van de pot in plaats van in het spoelwater, en je vrouw weet niet beter of je hebt al de tijd dat jullie samen zijn niet eenmaal gekotst. Deze vaardigheid heb je niet van de ene op de andere dag ontwikkeld en je baalt dat je er anderen nooit deelgenoot van zult kunnen maken, en je vraagt je af of het je geen goed zou doen om een beste vriend te hebben. Maar zou hij dan niet zijn vaardigheden met jou willen delen? En is dat misschien het enige wat beste vrienden doen? Een beetje in een stoel hangen en elkaars vaardigheden bespreken? Je bent niet geïnteresseerd in de vaardigheden van anderen en je besluit dat je voorzichtig moet zijn met wie je toelaat in je leven.

Je spoelt de wc door en kijkt naar je braaksel alsof het een vertrekkende trein is. Je maag is leeg en je zult deze dag vermoedelijk niet nog eens overgeven en je besluit vijf aspirines in te nemen, boven op de zes die je de afgelopen nacht al geslikt hebt, dat brengt het totaal op elf stuks in acht uur, wat volgens de bijsluiters, artsen, vriendinnen en echtgenotes van deze wereld heel erg slecht voor je is. Maar dit is al zo lang je gewoonte dat je er nu niet mee durft te stoppen en je krimpt ineen bij de gedachte hoe ernstig je katers zouden zijn zonder aspirine.

Je stapt onder de douche met het potje bij de hand. Je past ervoor op één hand droog te houden terwijl je het potje omkeert en de aspirine in de kom van je hand laat rollen, en je hebt vier stuks uitgeteld als je een grote, afwijkende pil aan de rand van het potje naar buiten ziet piepen en je ogen verwijden zich en je stapt onder de douche vandaan en schudt de inhoud van het potje op de wastafelrand. Je vindt vier van deze witte pillen tussen de aspirines en je hart springt op van blijdschap als je ze oppeuzelt. Je kunt je niet herinneren hoe je eraan gekomen bent maar je prijst jezelf dat je de pillen de nacht tevoren niet geslikt hebt, en je staat jezelf toe aan je dronken, bewusteloze andere helft te denken niet als een man om te vrezen maar als iemand op wie je een beroep zou doen mocht je ooit in moeilijkheden verkeren. Dit is een fantastische leugen maar omdat je die alleen aan jezelf opdist voel je je er niet schuldig over.

Je stapt weer onder de douche en je huid prikt van vermoeidheid en pijn en er klinkt een gesis in je oren.

De tijd verstrijkt en de pillen slaan aan als een glimmend witte planeet die in zicht komt, een omgekeerde eclips, en je kijkt ernaar met je ogen dicht, je lichaam als een paspop in een hoek geleund. Er wordt op de badkamerdeur geklopt maar je negeert het. De witte planeet is half zichtbaar; zijn licht omklemt je hart en lijkt je naar voren te trekken, en nu voel je dat je valt. Je bent wakker maar droomt. 'De aarde is niet mooi maar het heelal wel,' zeg je. Je woorden weergalmen tussen de groene en groenere tegels van de douche en er klinken voetstappen op de gang en je doet net alsof het de voetstappen zijn van bevrijdende soldaten en je roept naar je vrouw: 'Laten we naar de film gaan,' maar ze antwoordt niet. 'Ik heb zin om naar de film te gaan vandaag,' zeg je, en weer denk je aan het rimpelende gordijn dat wordt opgetrokken in de donkere zaal van de bioscoop, en aan de zachte hand van je vrouw in de jouwe en aan haar gezicht, niet boos en gespannen zoals het de afgelopen tijd zo vaak is, maar zacht en mooi, zoals toen jullie net verkering hadden en ze van je hield, toen ze zei dat ze je zou helpen, met sproeten op haar kin die je met je vingertoppen mocht aanraken wanneer je maar wilde. Maar welke woorden zou je kunnen gebruiken om te zorgen dat je vrouw weer vertrouwen in je krijgt, nu je al zo veel woorden hebt opgebruikt, en nu al die woorden loos zijn gebleken? Er zijn altijd andere woorden, zeg je tegen jezelf, er zal altijd een of andere combinatie van woorden zijn waardoor je de liefde van je vrouw terugwint, en je houdt je hand voor je mond om je lach te verbergen. Er zijn zo veel dingen om gelukkig over te zijn dat je niet denkt dat je ooit nog somber zult worden.

VERTEL OVER MERLIN. Hij is zeventig jaar oud, heeft kortgeknipt wit haar, een lange witte baard en radeloze, diepliggende grijze ogen. Hij kettingrookt bruine sigaretten van het merk More; ze trillen in zijn gevlekte, harige handen of hangen in de hoek van zijn liploze mond terwijl hij vanachter een rook-gordijn zit te praten, zijn vingers als puzzelstukjes in elkaar geschoven om een astrologische wetenswaar-digheid of misschien een schuine mop te illustreren. Zijn tanden zijn puntig, geel en knaagdierachtig, en als hij lacht is zijn hals een en al aderen en pezen en dwing je jezelf ernaar te kijken, om geen andere re-den dan dat het moeite kost.

Zijn professie is weggezakt in een moeras van al-coholische verzinsels maar hij beweert werkzaam te zijn in afwisselend de filmindustrie, vastgoed, effec-tenhandel en iets wat lifecoaching heet, wat voor zo-ver je weet het lelijke neefje van psychologie is maar dan met aanzienlijk minder opleidingseisen. Hij zegt dat hij bijklust als medium en contact heeft met gene zijde, vandaar zijn bijnaam, waarvan hij op de hoogte is en die hem kennelijk niet stoort. Ondanks zijn vele beroepen is hij meestal platzak en twee keer heeft hij je om een voorschot gevraagd om het te kunnen uithouden tot de banken weer opengingen. 'Nee,' zei je bot, en hij ontblootte zijn tanden en scharrelde als een krab terug de schaduwen van de kille, rokerige ruimte in.

Hij worstelt met zijn identiteit. Hij draagt bij voorkeur futuristische sandalen met een heleboel gespen en felgekeurde nylon overalls, maar bij het zakendoen kleedt hij zich naar men zegt in een gehaaid ruimvallend double-breasted glanspak en instappers met kwastjes. Die besprekingen lopen onveranderlijk op niets uit en dan beklaagt Merlin zich over zijn klanten en investeerders, scheldt ze uit voor angsthazen en lafbekken en schijtlaarzen. Op zulke avonden knarst hij met zijn giftanden en slaat met vlakke hand op de bar, vervloekt de wrede machinerie die Hollywood heet met aanzwellend venijn tot mensen er iets van zeggen en Simon moet ingrijpen en Merlin bij de arm vat om hem te sussen. Beschaamd slaat Merlin zijn ogen neer. Hij is jaloers op Simons knappe uiterlijk en accent en verspreidt het gerucht dat Simon niet in het kosmopolitische Johannesburg geboren is maar in een smerige negorij in de spaarzaam met struiken begroeide woestijn, omringd door 'keffende pygmeeën en nijlpaardenstront'. Merlin is geboren in Cincinnati maar zet een Brits accent op als hij dronken is.

Op een avond zijn jij en Simon alleen in de bar als Merlin binnenkomt met een leren nichtentasje over zijn schouder. Hij begroet jullie en maakt een opmerking over de lege bar: 'Spookschip,' zegt hij. Hij onderdrukt een grijns en kijkt alsof hij daarnet een portemonnee in de goot heeft gevonden maar dat voor zich wil houden uit angst dat iemand hem opeist. Hij bestelt een drankje en je schenkt hem een vierdubbele wodka-tonic met limoen in, van het huis. Dit is je nieuwe tactiek met plakkers als hij: je voert ze hopeloos dronken en weigert iedere betaling, zelfs fooien, in de hoop dat ze de volgende ochtend, wanneer ze met hun tenen de klonterige stukjes kots in het doucheputje schuiven, aan je denken en voortaan als ze komen iemand anders vragen om ze te bedienen. Simon weet waar je mee bezig bent en lacht besmuikt zijn aantrekkelijke glimlach.

Merlin zuigt aan zijn partje limoen en laat de schil in zijn glas vallen en zijn schouders huiveren bij het drinken en hij heft zijn hoofd om zijn weerkaatsing in de spiegel achter de bar te bestuderen. Hij steekt een sigaret op en de rook glijdt als een blauw zijden lint omhoog. Simon vraagt hem hoe de zaken staan en Merlins ogen betrekken; er zit limoenpulp in zijn baard en voor hij begint te spreken toont hij je zijn tanden. 'Ik kom net van een bijeenkomst,' zegt hij. Simon stoot je aan en vraagt Merlin of zijn schip met goud is binnengelopen maar zo'n soort bijeenkomst was het niet, zegt Merlin. Een AA-bijeenkomst dan, zegt Simon. Merlin schudt zijn hoofd. 'Een spiritistische bijeenkomst,' zeg jij, en Merlin knikt bedachtzaam. Hij neemt nog een borrel en slaat zijn ogen op om Simon aan te kijken.

'Een rondetafelseance,' zegt hij. 'Zo heftig als niemand van ons ooit heeft meegemaakt. Op 15 september word jij in je flat doodgeschoten. Je wordt twee keer geraakt, één keer in je hoofd en één keer in je hart. Het schot in je hart is fataal maar het duurt even voor je dood bent. De schutter is zo'n klein rotnikkertje. Hij wordt nooit gepakt en gaat er lachend in jouw auto vandoor.'

Simon heeft een vaatdoek in zijn handen. 'Zo'n klein rot-wát zeg je?!' vraagt hij. Zijn mond blijft openhangen, zijn onderkaak stijf en vertrokken. Hij wringt de vaatdoek in zijn handen.

'Je sterft op het bordeauxrode kleed in je voorkamer. Het ochtendlicht gloort door de ramen. De bloedplas breidt zich uit naar de muren en de deur. De deur is blauw. De gordijnen zijn beige en er rinkelt een rode telefoon. Het antwoordapparaat neemt op met jouw stem en je lichaam schokt. De beller spreekt geen boodschap in. Je lichaam verslapt en je sterft.' Hij neemt nog een slok en blaast uit. 'Dat gaat jou overkomen op 15 september.'

Merlin drinkt zijn glas leeg en vertrekt zonder fooi te geven. Simon is egaal wit geworden en heeft voor eens niets te zeggen. Je brengt hem een grote tequila en zegt dat Merlin een idioot is, maar hij schudt zijn hoofd en zegt dat de beschrijving van zijn flat precies klopte. Hij drinkt zijn tequila en wenkt om nog een en dan nog een, en hij blijft drinken en is al snel dronken en tegen middernacht help je hem een taxi in. Rochelend vervloekt hij Merlin, en de chauffeur duwt hem een plastic zak in handen voor het geval hij moet overgeven. Je geeft de chauffeur het adres en ziet Simons hoofd uit je blikveld zakken als de taxi de hoek omslaat, Santa Monica Boulevard op.

Terug in de bar raadpleeg je de kalender boven de kassa en zie je dat Simon nog vier maanden en zeventien dagen heeft voor hij vermoord wordt. Je markeert de datum met een schedel met gekruiste botten en wil weer aan het werk gaan, maar er is nog steeds niemand en er is niets te doen, en je slaat je armen over elkaar en wacht tot er iets gebeurt.

VERTEL OVER SAM, de voornaamste cokedealer van de bar, een zwarte man van midden veertig die met de eigenaar opgroeide in een buitenwijk hier vlakbij. Hij had gehoopt een baantje in de bar te krijgen maar toen duidelijk werd dat zijn oude vriend hem geen legaal werk zou geven vulde hij de niche in stimulerende middelen en nu doet hij goede zaken vanuit het hokje in de heren-wc's van het achterzaaltje; dat hij zijn voorraad in zijn benzinetank bewaart en zijn handelswaar stinkt naar normaal ongelood doet daar niets aan af. Hij heeft drie jonge kinderen, zoontjes, die soms met hem meekomen; ze dringen om hem heen en klauwen met hun handen aan de voorkant van zijn broekspijpen en willen geld, cola, chocoladezoenen, hun moeders en bedjes om in te slapen. Sam neemt zijn zoons niet graag mee maar zegt dat het soms niet anders kan. Je brengt ze altijd naar het kantoortje van de bedrijfsleider, waar een tv en een pot snoep staan, en zegt streng dat ze moeten blijven zitten waar ze zitten want als de brandweer of iemand van de gemeente de jongens hier op een zaterdagavond zouden ontdekken, sluiten ze de bar en ben jij je baan kwijt en stoppen ze de kinderen in een tehuis en Sam in de gevangenis. De andere barmedewerkers maken bezwaar maar de eigenaar en zijn vrouw tolereren hem, niet uit sentiment maar omdat hij hun gratis drugs geeft wanneer ze er maar om vragen. Jij mag Sam en je schenkt hem altijd wodka van de beste kwaliteit terwijl de anderen hem huismerk schenken. Zijn ogen zijn altijd bloeddoorlopen en hij is terminaal vermoeid en je stelt je voor dat zijn hoofd vol houtwol zit en hij geen woord verstaat van wat je zegt.

Een keer ben je aan het begin van de avond alleen in de bar. De nacht ervoor heb je een enge griezelfilm gezien en achter elk hoekje voel je het spook klaarzitten om je te bespringen en je met haar koude lichaam te bedekken en je bloed te verkillen tot modderig ijs. Je staat bij de jukebox (het spook is bang voor de lichtjes) op de keuzetoetsen te drukken en je hoort de voordeur opengaan en je draait je om en ziet dat de ruimte leeg is, wat niet ongewoon is want er steekt wel vaker iemand zijn hoofd naar binnen om te zien of er iemand zit, maar toch ben je bang als je bedenkt dat het spook misschien je vluchtroute blokkeert. Je duwt de gedachte weg en concentreert je weer op de jukebox en dan gaat de deur opnieuw open en dicht, en je draait je om en de ruimte is nog steeds verlaten, en je hart begint te bonzen en je staart strak naar de lichtjes van de jukebox, je ogen loensen en je vingers drukken willekeurige nummers in en je hebt het idee dat je van opzij langzaam een gestalte voelt naderen en je kijkt en ziet dat de gestalte echt is en je gilt van oprechte schrik, en de gestalte springt achteruit en vloekt en het is niet het spook maar Sam. Je bent zo blij dat je hem omhelst en van de grond tilt en hij vraagt of je gek bent want je keek hem recht aan toen hij binnenkwam, maar hij draagt donkere kleren en zijn huid is donker en de bar is donker en jullie lachen er samen om. 'Voortaan geef je me een grote grijns als je binnenkomt,' zeg je, en hij grijnst en zijn gebit blinkt als een achterovergekukelde maansikkel.

RAYMOND ZIT aan de uiterste rechterhoek van de bar en wenkt of je hem meer servetjes wil brengen. Voor de avond om is zal hij een heel pak hebben opgebruikt, en niet om schoon te maken. Zijn pennen liggen op een rijtje en uit zijn borstzak haalt hij een klein, kwalkleurig liniaaltje en hij begint te tekenen, en te drinken – whisky in de winter, tequila in de zomer. Als iemand het waagt te proberen een servet van zijn persoonlijke stapeltje te pakken duwt hij diens hand weg en zegt dat ze ergens anders moeten zijn; de bezoekers voelen zich beledigd en vragen of ze zijn tekeningen mogen zien maar dat staat Raymond nooit toe. Met zijn onderarmen en handen schermt hij de servetjes af en hij moffelt ze in een uitpuilende broekzak, waarbij hij goed oppast dat hij er niet eentje laat liggen. Zijn haar is bruingrijs, zijn woeste snor donkerbruin en zijdeachtig. Hij draagt altijd hetzelfde T-shirt met de tekst ART SAVES LIVES. Zijn bril staat op het puntje van een lange, scherpe neus; zijn ogen turen over de glazen, wat de indruk wekt dat hij je iets vertrouwelijks verklapt als hij tegen je praat. Hij ziet eruit alsof hij in zijn jonge jaren knap geweest is en eigenlijk is hij nog steeds knap. Hij draagt zijn dikke haar opzij gekamd, waardoor hij soms net een kleine jongen, soms net Hitler lijkt, en hij glimlacht makkelijk en praat met iedereen maar richt zijn aandacht vooral op de barmedewerkers, die hij allerlei vragen stelt, sommige coherent en ingegeven door vriendelijke en oprechte belangstelling, andere klaarblijkelijk niet. In de tijd dat je hem net hebt leren kennen vraagt hij bijvoorbeeld of je ooit levend begraven bent geweest. Je antwoordt van niet en hij knikt en zegt dat iedereen op z'n minst eens in zijn leven levend begraven zou moeten worden, en jij zegt niks maar sluipt weg om je bezig te houden met een verzonnen klusje. Dit wordt een gevleugeld woord onder het barpersoneel en elke keer als een klant een idiote vraag stelt vraag je terug of hij of zij ooit levend begraven is geweest.

Je vraagt Raymond wat hij voor de kost doet en hij zegt: 'Ik adem en loop en als ze me zeggen dat ik moet zitten zit ik en als ze me zeggen dat ik moet gaan ga ik en als ik thuiskom leun ik lui achterover en bedenk hoezeer ik ze allemaal veracht.' Hij suggereert dat er een verband is tussen zijn dagelijks werk en zijn tekeningen en daarom wordt aangenomen dat hij architect is of zoiets, maar jij vermoedt dat zelfs het meest incompetente bureau hem niet in dienst zou nemen.

Hij is een mysterieuze figuur en er hangt iets van dreigend onheil om hem heen maar het merkwaardigste aan Raymond zijn z'n schoenen. De eerste keer dat je ze ziet barst je in lachen uit en loop je haastig weg om hem niet te beledigen. Later zeg je tegen Raymond dat je zijn schoenen zo mooi vindt en vraag je of hij het goedvindt dat je er een tekening van maakt (je tekent weleens voor je plezier) en hij gaat ruimhartig op je verzoek in, laat ze ter plekke bij je achter en loopt blootsvoets de nacht in. Je neemt ze mee naar huis en maakt een aantal inktschetsen en doet er een aan Raymond cadeau wanneer je hem de kleine elfenschoentjes teruggeeft en hij is blij met de tekening en je belangstelling voor zijn schoeisel.

COCAÏNE ALOM en bijna alle barmedewerkers gebruiken onder het werk. Hoe vaak het je ook werd aangeboden en hoe dronken je ook was, je hebt nog nooit in al die jaren hier cocaïne gebruikt. Op de middelbare school heb je vanaf de onderbouw alle drugs onder de zon uitgeprobeerd en na ontelbare verloren dagen en nachten kwam je tot de conclusie dat stimulerende middelen iets zijn voor herenloze rijkelui, voor mensen die hun gezapige leventje op die manier een inspirerend zetje hopen te geven. Toen hoorde je tot diep in de nacht gedrogeerde zwamverhalen aan en nu na sluitingstijd weer, met als enig verschil dat degenen die nu om de aandacht strijden ouder zijn en er zo mogelijk nog minder om malen of ze blijven leven of niet.

Op een avond, om redenen die je door whisky ont-
gaan, snuif je cocaïne. Je neemt maar een klein beetje
maar de drug heeft je te pakken en voor je het weet
is het halfvijf en hap je als een vis op het droge naar
adem en wacht je knarsetandend op je beurt om iets
te zeggen. Jullie zitten met z'n tienen in een kring en
iedereen wil iets zeggen en niemand schenkt enige
aandacht aan wat degene die aan het woord is vertelt.
Iemand begint te huilen omdat hij als kind is mis-
bruikt; iemand begint te huilen omdat zijn moeder
dood is; iemand wil naar Las Vegas. Je glipt de zijdeur uit en je auto in. Het is halfzes 's ochtends en de
lucht heeft de kleur van een drie dagen oude blauwe
plek. Prachtig.

Je vrouw hoort je de treden van de veranda op komen. Ze heeft op je liggen wachten en is kwaad en haar
ogen staan woedend als je de slaapkamer binnenkomt
dus draai je je zonder een woord te zeggen om en gaat
de treden weer af met je fiets op je schouder. Je vrouw
roept je naam maar je geeft geen antwoord. Je racet
de steile helling af naar Sunset Boulevard en de koele
ochtendlucht rukt je pet van je hoofd en stuwt tranen
over je gezicht en je kunt niet stoppen met lachen en
je vraagt je af waarom je dit nooit eerder hebt gedaan.
Auto's moeten voor je uitwijken en toeteren terwijl jij
je door het verkeer slingert; je raakt uit evenwicht en
botst tegen een stoeprand en vliegt over je stuur heen
de stoep op. Je kijkt omhoog naar de lucht en besluit
dat je voortaan elke avond met de fiets naar je werk
gaat. Binnen een maand zul je perfect in conditie zijn

en een gouden glans in je ogen hebben van alles wat ze hebben gezien.

Je stapt weer op je fiets en rijdt over Sunset de stad in. Het gonst in je oren en je lokaliseert een zwellende bult op je voorhoofd maar je hebt geen bloed aan je vingertoppen en je fietst door. Broadway is in staat van transformatie, de winkeliers halen hun stalen rolluiken op om een nieuwe handelsdag te beginnen terwijl de junks, dronkaards en hoeren hun hotelkamer opzoeken voor een paar uur rust. Je kijkt deze nachtbrakers na en roept ze een groet toe maar ze groeten niet terug. Ze zijn moe en hebben geen belangstelling voor wat jij allemaal hebt gezien of meent te hebben gezien. Zij hebben meer gezien en hun ogen zijn niet goudglanzend maar grauw en levenloos.

Nu ben jij ook moe als je weer over Sunset omhoog fietst. Het is warmer geworden en je druipt van het zweet dat naar whisky en coke ruikt. Door de klap op je hoofd zie je zwart voor je ogen en je lichaam bonkt van de pijn en je denkt aan je boze, wachtende vrouw en de lange helling die je nu omhoog moet en je vraagt je af waarom je in vredesnaam bent gaan fietsen. Je gaat nooit meer fietsen, besluit je, en opnieuw bots je tegen een stoeprand en vlieg je over het stuur. Je houdt een krantenbezorger in een pick-up aan en biedt hem twintig dollar om je thuis te brengen en hij neemt het geld aan en laadt de fiets achterin boven op de kranten. Hij spreekt geen Engels maar fluit tussen zijn tanden als hij je bult ziet. 'No bueno,' zeg je. 'Muy borracho.' De man knikt met een glimlach.

'Muy borracho,' zegt hij. 'No bueno.' Demonstratief knijpt hij zijn neus dicht vanwege je stank.

ELKE KEER DAT JE KNIELT om het luik van de vloerkluis te openen komt het idee bij je op van een nepberoving waarbij een vriend je overvalt en een stomp op je oog geeft. En dan zou je de politie bellen en ze de lege kluis laten zien en je blauwe oog en misschien kreeg je wel een beloning voor moedig optreden in een hevig gevaarlijke situatie. Je stelt je de ontmoeting na afloop voor, onder een kostelijk diner in een restaurant, en piramides van geld waartussendoor jij en je vriend elkaar zouden aangluren en 'tjongejonge' mompelen. Het tafellinnen zou besmeurd zijn met biefstukbloed en rode wijn en tot laat in de avond zou jullie gelach klinken en de mensen zouden denken dat je rijk was, en knap – een prima plan, eigenlijk, behalve dat je geen vrienden hebt die bereid zijn je voor tweeduizend dollar een zachtzinnige stomp voor je oog te geven. Of liever gezegd, degenen die daartoe bereid zouden zijn, zouden waarschijnlijk niet met het geld komen opdagen. Maar het is een aantrekkelijk idee om mee te spelen, het leeghalen van de kluis, en het beeld van een zich uitbreidende vlek vleesnat en wijn tovert steevast een hoopvolle glimlach op je gezicht.

VERTEL OVER DE KINDACTEUR, volwassen inmiddels, die geregeld in de bar komt. Hij is rood en opgeblazen maar onder het geblondeerde haar en de tattoos zie je sporen van de babyface die hem in zijn jeugd tot ster maakte. Je hebt moeite zelfs maar vanuit je ooghoeken naar hem te gluren en zult hem nooit recht in de ogen kijken uit angst dat je hem leert kennen of even een glimp van zijn diepste wezen op- vangt, dat naar je vaste overtuiging een troosteloos landschap is van een onthutsende kwaadaardig- heid. Hij is bijna door zijn geld heen en zijn voorma- lig agentschap stuurt geen kerst- of verjaarskaarten meer en hij zuipt zich net zo lief dood en verzoekt de barmedewerkers hem daarbij te helpen. Niemand weet hierop iets te zeggen; niemand zegt iets.

Hij wordt vaak herkend en reageert dan altijd ge- irriteerd, alsof zijn vroegere roem wel het laatste is waar hij het over wil hebben, maar eigenlijk is het 't enige waarover hij met iets van inzicht of helderheid kan praten. Hij noemt je bij je naam en maakt een spelletje van zijn neergang, alsof het maar voor de grap is dat hij zich het ziekenhuis in of dood drinkt, en jij haat hem en wil graag een handje helpen: je schenkt hem ongelimiteerde hoeveelheden huisrum en fluistert hem toe dat je hem niets in rekening zult brengen zolang hij zijn rum puur drinkt zonder wa- ter of cola erbij en hij gaat akkoord en wordt dikwijls op de wc-vloer aangetroffen met opgedroogde kots op zijn oversized overhemd met gevlamd motief. Na de laatste ronde slepen de uitsmijters hem naar bui- ten en op weg naar je auto stap je over zijn slapende lichaam heen.

Weken gaan voorbij en hij maakt geen aanstalten

het kalmer aan te doen. Op een avond barst hij in snikken uit en hoor je hem teksten uit zijn succesfilms opzeggen en nog steeds kun je hem niet aankijken en zijn stemgeluid verdraag je nu ook niet meer. Hij schreeuwt zichzelf schor en slaat op de bar om nog een rum; je hebt net je vinger opengehaald aan een kapot bierglas en de bloeddruppels brengen je op een idee om hem nog een eindje verder op weg te helpen. Terwijl je zijn borrel inschenkt houd je je vinger omlaag en laat er wat bloed in druppelen. Dit doe je in de hoop hem te besmetten met hepatitis C, een leverziekte waaraan je lijdt en op den duur aan zult sterven. Het ziet eruit alsof je een scheutje bitter aan de rum hebt toegevoegd en dat zeg je ook als de kindacteur een vies gezicht trekt over de kleur van zijn drankje. Hij klokt de cocktail naar binnen en vertrekt naar de wc om op de grond te gaan liggen rochelen, en na sluitingstijd sleept Curtis hem naar buiten en je kijkt naar zijn uitpuilende pens en ziet voor je hoe de hepatitis naar zijn lever kruipt en het ontstoken orgaan met een fluwelen mantel bedekt; de ziekte zal hem zwaar te pakken nemen en hij zal er geen erg in hebben voor het te laat is, en dan gaat hij dood en valt hij je nooit meer lastig om een glas rum.

VERTEL OVER JUNIOR, de zwarte crackverslaafde wiens wereld niet groter is dan de stoep voor de bar. Hij beweert een veelbelovende college-footballspeler te zijn geweest met vooruitzichten op de nationale competitie. Dit is vermoedelijk niet waar maar je moet toegeven dat hij er wel het postuur voor heeft: hij is één achtennegentig en weegt honderdzestig kilo; dat hij ondanks zijn niet-aflatende drugsgebruik in gewicht blijft aankomen getuigt van een wonderbaarlijk goed functionerende stofwisseling. Waar of niet, dit verhaal over verspild sporttalent neemt je voor hem in dus besluit je hem te geloven of te doen alsof je hem gelooft. Hierom, en omdat je hem als je dronken bent geld geeft om je autoraampjes te wassen en omdat je zo bleek en zo mager bent, wordt Junior platonisch verliefd op je. Hij tilt je op en schudt je door elkaar en jij kijkt zijn open mond in als een jongetje dat door een gaatje in een circustent gluurt.

Als hij high is stottert hij en je glimlacht als hij je met moeite zijn verhaal doet. Hij heeft het over zijn therapeute en vraagt geld om naar haar toe te gaan en je stopt hem meteen wat toe maar vraagt je af of hij bedoelt dat hij er de volgende ochtend heen wil. Of heeft ze vierentwintig uur per dag dienst? Je vraagt of hij vooruitgang met haar boekt en hij zegt dat hij veel aan haar heeft en dat hij bij haar in behandeling wil blijven want ze is voortreffelijk getalenteerd en tenslotte is hij een bijzonder geval en hij kan toch niet zomaar naar de eerste de beste therapeut. Je vraagt wat er zo bijzonder aan zijn geval is en Junior toont je zijn bengelende rauwpaarse lid. Dertig centimeter in slappe toestand. 'N-niet iedere d-dame k-kan daarop zitten,' zegt hij tegen je.

Er hangen er nog meer op straat die bij de barbezoekers schooien en Junior moet zijn best doen om zijn klanten aan zich te binden. Soms neem je een kijkje bij die anderen en je constateert dat het minderwaardige schepsels zijn zonder enige charme of vindingrijkheid. Eén jonge junk in het bijzonder is buitengewoon stompzinnig en crimineel, in zijn ogen lees je niets dan wrokkige gulzigheid. Met een eentonige mompelstem bedelt hij om sigaretten en geld en alcohol en als hij iets krijgt bedankt hij niet en er zal wel iets mis zijn met zijn hersens maar je hebt een hekel aan hem vanwege zijn ongeïnspireerde gedrag, zo anders dan Junior, die echt gemeend glimlacht en tevreden is met zijn werk en zijn levenslot en je auto wast tot hij glimt als nieuw.

De jonge junk klampt je aan en zegt dat Junior een verlinker is die nog eens vermoord gaat worden en dat je uit zijn buurt moet blijven want wie met hem omgaat loopt ook kans vermoord te worden. De jonge junk komt net uit de gevangenis en beweert dat er ieder moment een auto kan langskomen om Junior neer te knallen, en net op dat moment komt Junior voorbij en de jonge junk zegt tegen hem: 'Vanavond gaat het gebeuren, ik hoop dat je er klaar voor bent.' Je gelooft niet dat iemand achter Junior aan zit en dat zeg je tegen hem, maar hij is bang en jij loopt terug naar de bar en hij neemt je ter zijde en geeft toe dat hij inderdaad gekletst heeft en dat daarom minstens zes mensen voor korte tijd achter de tralies zijn verdwenen. Iets ergers dan een verlinker bestaat niet en nu ben je in de war over je gevoelens voor Junior. Om middernacht knalt een uitlaat en je verdraait je nek om te kijken maar hoort geen geschreeuw op de stoep dus buig je je hoofd weer over je werk.

De moordauto komt niet opdagen maar aan het eind van de nacht zie je op de parkeerplaats de jonge junk en een andere, oudere junk Junior de weg versperren. Ze schelden hem uit en bespugen hem en je ontdekt dat hij ondanks zijn reusachtige postuur een lafaard is. Hij houdt zijn hoofd gebogen en spuug regent op hem neer en als je vraagt of hij een lift wil draait de jonge junk zich om en zweert dat hij je doodslaat als je niet oprot. Je blijft staan en hij komt op je af en dan komt Junior tot leven, zwaait met zijn zware arm en mept de jonge junk een halfliterblikje Budweiser uit handen. Het suist de nachtelijke hemel in en met z'n vieren zien jullie het over een billboard op het dak van de bar verdwijnen.

De hand van de jonge junk doet pijn en hij is razend en wijst naar je auto en identificeert hem als de jouwe en zegt dat hij hem morgenavond in de fik zal steken. Je hebt alle reden hem te geloven want zijn ogen staan waanzinnig van gedrogeerde haat, en hij wendt zich tot Junior en zegt dat hij hem in zijn slaap de keel zal doorsnijden, en hij noemt de plek waar Junior zijn matras heeft. Dan begint hij met een mes te zwaaien en loopt met geknikte spinnenpoten op Junior af, en de oudere junk volgt het mes met zijn custardkleurige ogen en sist: 'Steek hem, steek hem, steek hem!' en jij drijft Junior je auto in en racet weg met de twee brullende junks op je hielen.

Junior zit met zijn hoofd in zijn handen gedoken.

Hij is kwaad op je vanwege je bemoeienis met zijn ophanden zijnde moord maar jij zwijgt want je weet dat hij geen andere optie heeft behalve het donker in lopen en hopen dat de jonge junk niet dapper genoeg is om een ander te doden. Je houdt stil in een steeg aan de zuidkant van Hollywood Boulevard en Junior graait zijn lappen en zijn flessen ruitenschoonmaakspul bij elkaar en haalt een afgebroken machete met een met duct-tape omwonden handvat uit zijn emmer en stopt die onder zijn hemd. Hij zegt je gedag en jij zwaait en kijkt hem na. Er is niets wat je nog voor hem kunt doen.

VAAK DRINK JE of ben je dronken maar de laatste tijd ben je van whisky overgestapt op bier. De reden is dat je je lever wil ontzien, het rood van je gezicht en hals wil spoelen en je vrouw tegemoet wil komen. Een tijdje is je strategie succesvol: je voelt je fitter en een ongekende energie klaart je ogen en ledematen op en je kunt weer slapen en krijgt je eetlust terug, maar bier is een dikmaker en je komt vijf kilo aan; het gewicht zit als een kat op je maag en je slanke silhouet is bedorven. Als een grappenmaker tijdens happy hour vraagt hoeveel maanden ver je bent is je ijdelheid gekwetst dus keer je met grote opluchting en enthousiasme terug naar whisky, maar in de tussentijd is je tolerantiegrens gedaald, en de whisky vergiftigt je en na een week smaakt alles naar melk. De whisky zelf smaakt naar melk, cola smaakt naar melk, alles wat je eet of drinkt laat een melksmaak achter in je mond. Dit is je eerder overkomen en het alarmeert je niet, het is gewoon een teken dat je in het stadium bent beland dat je lichaam zich van je geest heeft losgemaakt. De geest is de baas, daar worden voorkeuren gevormd en geboren; het lichaam is dienend. De geest betoont zich ongeschikt als leidsman en het lichaam neemt maatregelen om zich tegen de verlangens van de geest te beschermen. Om redenen die je niet begrijpt of niet wil begrijpen heeft dit je smaakzin aangetast.

Terwijl de machten van lichaam en geest hun strijd uitvechten troost je je met de gedachte dat je melk best lekker vindt, altijd al lekker hebt gevonden, al vanaf dat je een mollige baby was.

Vertel over de Juffen, Terese en Terri, die al dertien jaar stamgast zijn, al vanaf dat de huidige eigenaars de bar overnamen. Ze zijn allebei meer dan één meter tachtig en hebben allebei een tattoo van een door een worm aangevreten appel op hun onderrug, die ze voor hun leerlingen en collega's verbergen maar in de bar trots laten zien. Ze vinden jou een lieverd maar onaantrekkelijk dus word je een van de meiden en vertrouwen ze je al hun geheimen toe. Bij elkaar opgeteld zijn ze naar bed geweest met zowat iedere uitsmijter die ooit in de bar heeft gewerkt en ze vertellen je welke er spiegels aan hun plafond hebben en welke erop staan hun seksuele ontmoetingen op video vast te leggen. De uitsmijters wisselen die banden met elkaar uit en houden feestjes waarop ze samen de banden kijken en daarna bij een barbecue commentaar leveren op elkaars verrichtingen. Sommigen gebruiken steroïden en hebben last van de bijwerkingen: hun genitaliën zijn verschrompeld tot niets en ze hebben borstjes gekregen, teventieten noemen de Juffen die. Eén uitsmijter heeft een wel heel zware boezem ontwikkeld en draagt naar verluidt een sportbeha die hij zelf van rekverband in elkaar heeft geknutseld.

De Juffen drinken de ene margarita na de andere tot ze scheel zien en je kunt ze je niet voorstellen met de jonge kinderen die ze op hun kleuterschool onderwijzen en verzorgen maar toch is dat wat ze doen. Ze beweren vol trots dat ze nooit drinken onder het werk (volgens jou is dit een leugen) en zeggen dat jij als je dat ook deed best promotie zou kunnen maken en ze houden je voor hoe oud je bent en hoelang je al in de bar werkt en schudden hun hoofd uit medelijden met je vrouw. Ze zeggen dat je er helemaal zo slecht niet uit zou zien als je maar sportte. Als je er, zeg, dertig pond spiermassa aan je bovenlijf bij kon krijgen, vooral op de borst, zou je best een lekker ding zijn. Je bedankt de Juffen voor hun verhalen en advies en belooft je toekomstige kind bij hen op de kleuterschool te doen en zij zeggen dat ze hem/haar van harte zullen ontvangen maar wel hopen dat je wacht met je voort te planten tot je promotie hebt gemaakt en een beetje hebt nagedacht over wat ze over je gewicht zeiden. 'Een vader heeft spierballen nodig om gezag te hebben,' zegt Terese.

'Je ziet er niet uit als een vader, vind ik,' zegt Terri. Ze steken hun handen op voor nog twee margarita's.

VERTEL OVER MONTY EN MADGE, een zwervend stel, merkwaardig en ondoorgrondelijk geworden van een leven lang wodka drinken en afgewezen worden. Monty is dertig en ongewassen, zijn bril zit met plakband aan elkaar, zijn wijnrode corduroy pandjesjas is groezelig bij de mouwen; heel zijn wezen wasemt onmiskenbaar de gestoorde geur uit van iemand die in instellingen en per uur verhuurde motelkamers heeft gewoond. Hij is een grage prater maar zijn conversatie is beperkt tot alcohol en films, onderwerpen die hem obsederen en kennelijk op de been houden. Hij drinkt dubbele wodka-tonics van huiswodka en leeft helemaal op wanneer hij een stunt of special effect beschrijft uit de laatste Hollywoodhit. Als hij blijft aandringen dat je naar die films moet gaan en je zegt dat het genre je niet ligt, vraagt hij of er dan nog andere soorten films zijn, en je zegt jazeker de langzame en de buitenlandse en je persoonlijke favorieten, de droevige, en dan knippert hij met zijn ogen en zegt dat de mensheid is verdeeld in twee types: mensen die graag willen huilen en mensen die al aan het huilen zijn en daarmee willen ophouden.

Madge heeft nog nooit een woord met jou of (voor zover je weet) Monty gewisseld en je denkt dat ze inmiddels echt krankzinnig is. Ze is een mulat met een lichte huid en resideert onder een piekerig grijs suikerspinkapsel en achter een gifgroene benzinepomp-zonnebril. Haar gezicht zit zwaar onder de rouge, haar kleine grijze tandjes zijn besmeurd met lippen-stift; ze is misschien twintig jaar ouder dan Monty en de precieze aard van hun relatie is schimmig. Hij bestelt haar drankjes (bloody mary's met huiswodka) en betaalt altijd, en zij pakt de drankjes aan maar heeft hem nog nooit bedankt of zelfs maar aange-keken. Ze drinkt langzaam maar gestaag en Monty anticipeert op de voltooiing van elk drankje zodat ze nooit zonder hoeft te zitten of dorst hoeft te lijden. Ze kettingrookt Lucky Strikes zonder filter en haar vingers zitten onder de ondamesachtige geelbruine vlekken.

Als het happy hour voorbij is en de prijzen verdub-belen is het tijd om te gaan en tikt Monty haar op de schouder en komt Madge zonder op te kijken van haar plaats, draait zich om en loopt de deur uit. Mon-ty schaamt zich voor haar en hij biedt iedere keer weer excuses aan. 'Ze is gewoon verlegen,' verklaart hij. 'Ze heeft het niet makkelijk.' Dan rekent hij af, en dit is het meest curieuze aan Monty: hij geeft hoge fooien. Als hij zich de fooi van één happy hour zou besparen kon hij zich een prima tweedehands jas veroorloven. Met die van een week zou hij een nieuwe bril kunnen aanschaffen. Maar hij beleeft plezier aan het ritueel van drinken in een openbare gelegenheid en waar-deert het dat je zijn naam en interesses onthoudt, en als hij zijn portemonnee trekt ben je geneigd zijn geld te weigeren maar je ziet hoeveel het gebaar voor hem betekent en dus bedank je hem maar en prop je het geld in de fooienpot.

Je bent alleen in de bar met Monty en Madge en er komt een man binnen, die op de kruk het dichtst bij de televisie gaat zitten. Hij is van gemiddelde lengte en gespierd, heeft bruin haar en een gebronsde huid, de archetypische Zuid-Californiër in shorts en een gerafeld T-shirt met daarop reclame voor een marlijnviswedstrijd in Baja. Op tv is een honkbalwedstrijd aan de gang en als je ziet hoe geconcentreerd hij naar het scherm kijkt classificeer je hem als een sportliefhebber, maar vervolgens kijkt hij al even geïnteresseerd naar de reclame en als je op hem afstapt om zijn bestelling op te nemen schrikt hij van je stem. Hij slaat zijn waterige blauwe ogen naar je op en je ziet dat hij simpel is of gek of dronken of high. Hij kijkt naar Monty en Madge (Monty zwaait, Madge maakt een nat, ruftend geluid met haar mond) en weer naar jou. De wedstrijd is hervat en hij wijst naar het scherm.

'Wat verdient zo'n honkballer nou?' vraagt hij.

Op het eerste gezicht lijkt de vraag tamelijk onschuldig, maar het feit dat hij niet beseft dat elke speler een ander salaris verdient baart je zorgen want daaruit blijkt hoe los de man van de realiteit staat. Sowieso denk je niet dat het hem te doen is om een feitelijk antwoord en dus zeg je: 'Meer dan jij en ik in ieder geval,' en hij grijnst schuins. Hij strijkt een paar verfrommelde biljetten glad op de bar en vraagt wat hij kan krijgen voor zes dollar en je schenkt een wodka-tonic voor hem in die hij in één teug achteroverslaat. Hij geeft geen fooi maar trekt nog wat biljetten uit zijn zak die hij op dezelfde manier gladstrijkt en vraagt wat hij kan krijgen voor tien dollar. Je schenkt hem een dubbele wodka-tonic in en weer geeft hij geen fooi. Hij slaat het glas achterover en vraagt wat hij kan krijgen voor twintig dollar, en je verliest je geduld en zegt dat hij voor dat bedrag de hele bar wel op een rondje kan trakteren, maar je grap brengt de man in verwarring en dan wordt hij boos, zijn ogen vlammen en hij staart naar je borst en zegt: 'Waarom zou ik jullie trakteren als ik jullie niet eens ken? Als ik niet eens weet hoe jullie heten? Waarom zou ik jullie goddomme iets cadeau doen?' Zijn vuisten zijn gebald en hij is opgestaan en heeft zijn kruk opzij geschopt en hij lijkt over de bar te willen springen maar dan roept Monty vanaf het andere eind van de bar: 'Geef die man iets te drinken van me. Wat hij maar wil.'

Bij deze woorden ebt de spanning uit de man weg. Hij ontspant zijn vuisten en zet zijn kruk overeind en gaat naast Monty zitten. Glimlachend alsof er niets is gebeurd bestelt hij nog een dubbele wodka-tonic, en hij bedankt je als je hem het glas voorzet. Hij heet Joe, zegt hij, en hij schudt Monty's hand en steekt zijn hand uit naar Madge, die een kussend geluid maakt maar hem verder geen aandacht schenkt. (Joe lijkt dit niet vreemd te vinden.) De drie worden dikke vrienden en de hele avond hoor je Joe Monty vragen stellen:

'Hoe sus je een baby in slaap die niet wil slapen?'
'Hoeveel kost een elektrisch scheerapparaat?'
'Wat is deathrock?'
'Hoe groeit rijst? Snap je wat ik bedoel? Hoe gróéit het?'

Monty antwoordt zo goed en kwaad als hij kan, en voorziet het groepje doorlopend van drank. Joe gaat steeds dichter bij hem zitten en als Monty hem een nieuwsgierige jongen noemt zegt Joe dat hij inderdaad een heel nieuwsgierige jongen is en legt zijn hand op die van Monty en vijf minuten later staan ze op en verlaten samen de bar. Het was al een vreemde situatie maar die is nu nog vreemder geworden en Madge blijft achter, haar arm heft zich om haar glas achterover te slaan en vervolgens de halfvolle glazen van Monty en Joe, en jij zegt tegen haar: 'Daar zitten we dan met ons tweetjes, Madgey.' Haar drankjes zijn op en je schenkt haar er een van het huis. Zuigend aan een Lucky Strike vult ze haar wangen met rook en blaast die vol in je gezicht. Ze brengt het drankje naar haar lippen.

MONTY BETAALT NU niet alleen de bioscoopkaartjes en drankjes voor Madge en hemzelf maar ook die voor Joe, en zijn fooien stoppen en hij praat niet meer met je over zijn favoriete special effects en kijkt je niet meer in de ogen. Hij is verliefd op Joe en pakt onder de bar diens hand vast en wordt jaloers als Joe ook maar even naar een vrouw kijkt of met haar praat. Joe houdt niet van Monty en je vermoedt dat hij eigenlijk niet in mannen geïnteresseerd is maar alleen doet alsof totdat er iets beters voorbijkomt. Soms vertrekt Joe met een van de vrouwen uit de bar en breekt Monty's hart; Monty zweert wraak op alle hoeren van deze wereld en blijft tot lang na happy hour zitten drinken, opgewekt het geld verbrassend dat anders voor Joe zou zijn, en tegen Madge zegt hij dat ze nu weer lekker met z'n tweetjes zijn, net als vroeger, maar de volgende dag of de dag erna is Joe terug, grijnzend en met een waanzinnige blik in zijn ogen, met Monty aan zijn zijde die zwijmelt over zijn lachkuiltjes en Romeinse profiel. Madge daarentegen is onaangedaan door het drama, al zit ze nu een kruk bij haar drinkgenoten vandaan en wekt de indruk je om duistere redenen opeens aardiger te vinden en één keertje glimlachte ze zelfs jouw kant op toen je voor Simon een grappig dansje deed.

Aan het eind van de maand, als zijn uitkering en medicijnen op zijn, begint Joe afwijkend gedrag te vertonen en zo rond de negenentwintigste of dertigste heeft hij meestal een driftaanval gehad en is hij uit de bar verwijderd. Soms is het binnen een paar minuten raak; er valt een bierglas kapot op de grond en voor je het weet staat Joe tegen de televisie of het plafond te schreeuwen, of de leegte in, naar een donkere hoek in de bar. Andere keren verslechtert zijn humeur gedurende de avond in kleine stapjes: hij komt met wilde blik de bar binnen, gaat zitten met zijn glas, blij dat hij het zo goed getroffen heeft met zijn vrienden, en dan wordt zijn aandacht getrokken door een of ander nauwelijks waarneembaar onrecht dat zijn wereld tot in de bodem vergiftigt, waarop hij zwijgzaam wordt en begint te piekeren, vervolgens te mompelen, dan te vloeken en te schreeuwen, en ten slotte wordt hij de stoep op gesmeten, waar hij zal jammeren en machteloos voor zich uit zal stompen. Je leert de waarschuwingssignalen herkennen en geeft Joe de ruimte om iemand anders dan jou te schofferen dan wel zich door iemand anders dan jou geschoffeerd te voelen – een alleenzittende klant of een van de andere barmedewerkers of, zoals het geval vaak wil, Monty, die na afloop achterblijft en zich mag uitputten in excuses, de glasscherven mag oprapen en de eventuele schade vergoeden. Hoewel het volgens de taakomschrijving tot je werk behoort om eventueel geweld te beteugelen totdat er veiligheidspersoneel arriveert, meng je je nooit in Joes woedeuitbarstingen omdat je inmiddels doodsbang bent voor zijn ogen en denkt dat het slechts een kwestie van tijd is voor hij iemand vermoordt, en je wilt niet sterven aan de bar, door de handen van een man met slippers en een Señor Frog's-poncho.

Monty kan het zich niet meer veroorloven om zowel de drank- als de filmverslaving van dit onfortuinlijke clubje te bekostigen, en ze geven de bioscoop op en brengen voortaan hun middagen en vroege avonden in de bar door. Het schrappen van vermaak uit hun leven tast hun gevoel van eigenwaarde aan en Monty en Joe praten niet meer met elkaar behalve over wat er besteld moet worden of om commentaar te leveren op bepaalde televisiemomenten, en zo neemt hun algehele degeneratie een aanvang: elke handeling, elk gebaar van Monty wordt ingegeven door geldzorgen en liefdesperikelen. Hij begint zijn persoonlijke hygiëne, altijd al dubieus, nog erger te verwaarlozen, zodat de mensen een grimas trekken zodra hij bij ze in de buurt komt en hun spullen pakken als hij naast ze komt zitten. Monty merkt hier niets van en drukt zijn duimen tegen zijn slapen, waarmee hij de indruk wekt in stilte ondragelijke pijn te lijden. Als Joe naast hem gaat zitten wil Monty het uitkreunen – Joe, de onbereikbare hoofdprijs, kijkt nu openlijk uit naar een nieuwe sponsor. Hij is uitgesproken gemeen geworden en bestelt de duurste wodka, alleen om te zien hoe dit bij Monty een rilling van ellende teweegbrengt. Monty houdt zijn portemonnee als een ziek vogeltje in zijn hand en je ziet aan zijn ogen dat de hopeloze liefde hem tot waanzin zal drijven als hij er niet op de een of andere manier in slaagt het proces te vertragen.

Hoe interessant dit allemaal ook is, je merkt dat je je steeds meer op Madge richt, haar heimelijk bestudeert, en je krijgt zo je vermoedens over haar die je niet kunt afschudden, die je tot de bodem moet uitzoeken, maar om dat te doen zul je met haar moeten praten, en je begint haar uit te horen over haar jeugd en plaats van herkomst en vader en moeder, terwijl ze jou nog niet eens een knikje waardig keurt. Je belooft haar de hele avond tot aan sluitingstijd gratis drank te schenken als ze alleen maar luid en duidelijk haar officiële voornaam zegt, en haar hoofd schokt en haar mond krakt open maar er komt geen geluid uit. Dan bied je aan haar gratis drank te schenken tot aan haar dood op voorwaarde dat ze het woord 'hallo' uitspreekt, en je ziet dat de gedachte alleen al haar tot in het merg van haar botten verwarmt, maar nog blijft ze zwijgen, staat stijfjes op, loopt de deur uit en komt die avond niet meer terug. (Monty en Joe hebben dit laatste aanbod opgevangen en zijn allebei 'Hallo! Hallo! Hallo!' naar je aan het roepen.)

Het vermoeden dat je over Madge hebt is dat ze een man is, en de volgende avond wordt dit bevestigd als ze alleen en nuchter de bar binnenloopt en je met zware stem mededeelt dat Monty en Joe een plan hebben gesmeed om jou met een knuppel in elkaar te meppen en te beroven, en dat ze dat plan over een halfuur komen uitvoeren. Ze zegt dat Joe volledig is doorgedraaid en het alleen nog maar over moord en doodslag heeft en al een keer achter haar aan heeft gezeten met een Zwitsers zakmes. Monty is half doorgedraaid en bereid alles te doen wat Joe zegt zolang ze maar samen blijven. Madge zegt dat ze al drie dagen niet hebben geslapen van de slechte amfetamine en dat je onmiddellijk de deur op het slot moet draaien en wachten tot ze afdruipen, maar het idee van jou in je eentje in de verduisterde bar terwijl Joe hard op de deur staat te bonzen is onverdraaglijk en je loopt al naar de telefoon om de politie te bellen maar dan raakt Madge in paniek en smeekt je dat niet te doen, met als argument dat ze van Monty

houdt, dat ze helemaal alleen is en dat Joe toch binnenkort dood is of in de gevangenis zit, en dat het
leven van haar en Monty dan weer snel zijn harmonieuze loop zal hernemen. Ze huilt en je zegt dat het je
spijt maar dat je toch echt de politie moet bellen, en
ze kucht tussen haar tranen door en zegt dat ze een
andere oplossing weet, en ze leent een pen en schrijft
dit op een servetje:

> Lieve Montgomery,
> De barkeeper weet het want ik heb het verteld.
> Sorry maar Joe is een waardeloze uitzuiger en
> ik hou van je en het wordt je dood als je weer de
> bak in draait. Ik ga hier weg maar schrijf je bij
> je moeder zodra ik een adres heb.
> Dag,
> Tim

Madge droogt haar gezicht en vraagt een stuk plakband om het briefje op de voordeur te plakken, alleen is er geen plakband en ze zegt dat ze het wel
met kauwgom probeert. Je laat haar uit, draait de
deur achter haar op slot en wacht. Drie sigaretten
later hoor je dit: naderende voetstappen, papier dat
wordt verfrommeld, mompelende stemmen en het
geluid van voetstappen die zich gehaast verwijderen.
Je ziet noch Monty, Madge of Joe ooit weer in de bar
terug.

HET IS 15 SEPTEMBER, de dag waarop Simon in zijn voorkamer vermoord zal worden, en een groep stamgasten en barmedewerkers verzamelt zich in zijn flat om hem gedurende de nacht te bewaken. De Juffen komen met verbandmiddelen, margaritamix en een blender. Daarna verschijnt Curtis. Hij draagt zoals gebruikelijk zijn politietenue met daaronder zijn afgetrapte bruine instappers, waaraan hij met touwtjes goud- en zilverkleurige sporen heeft bevestigd. 'Ze verpesten de look maar maken zo'n cool geluid,' zegt hij. Hij is aan het sparen voor echte motorpolitielaarzen. Achter hem de kindacteur. Hij ziet een beetje geel en je snelt naar hem toe om naar zijn gezondheid te informeren. Heeft hij last van lusteloosheid? Een pijnlijk gevoel in de rechterzij onder de ribbenkast? Duurt het abnormaal lang voordat schaafwondjes genezen? Hij zegt dat hij zich prima voelt. Hij kan ieder moment worden opgeroepen voor het spelletjesprogramma *Where Are They Now*, dat vijftienduizend dollar per aflevering schuift. Hij zal nooit vergeten wat je voor hem gedaan hebt, zegt hij, en als de cheques komen binnenrollen kun je erop rekenen dat hij ze in de bar zal verzilveren. Je zucht en trekt je met je whisky terug in een hoekje. De ongedwongen omgang tussen de kindacteur en Curtis valt je op en het dringt tot je door dat ze ook buiten de bar met elkaar optrekken. Je ziet voor je hoe ze 's ochtends in stripclubs in San Fernando Valley biertjes drinken en je drukt de muis van je handen in je oogkassen en blaast met een lange fluittoon je adem uit. Curtis stemt de televisie af op een autorace en zet het geluid zo hard dat het lijkt alsof de auto's bij jullie in de kamer zijn.

Merlin komt opdagen met een traytje warme Pabst en wordt met tegenzin binnengelaten – er heerst een onuitgesproken vermoeden dat hij op onfrisse wijze bij Simons aanstaande verscheiden betrokken is. Simon heeft al anderhalve fles wijn op en zijn ogen staan glazig en Merlins komst brengt hem in de war. 'Wat doe jij hier?' vraagt hij. Merlin haalt zijn schouders op. Simon drinkt zich vanavond doelbewust de vergetelheid in. 'Wat doe jij hier, vriend?' vraagt hij jou. 'Ik ben hier om jouw moordenaar te vermoorden,' zeg je, en hij glimlacht en bedankt je. Hij drinkt nu uit de fles.

De uitsmijters komen binnen en laten hun wapens zien: stiletto's, pistolen, boksbeugels, pepperspray, een afgezaagd geweer en een bus traangas. Het idee dat er wellicht spoedig iemand vermoord gaat worden is opwindend en de groep verzamelt zich rond een bergje cocaïne als krioelende biggetjes rond een varkenstiet. Iedereen doet zich tegoed behalve Merlin en Simon en jij. Je houdt Merlin in de gaten die Simon in de gaten houdt die de deur in de gaten houdt. Merlin glimlacht zelfgenoegzaam; Simon kijkt alsof hij in tranen of krijsen zal uitbarsten van angst en voor het eerst sinds je hem kent zie je zijn ware leeftijd aan hem af, de verzwegen jaren rond zijn ogen en mond. Je weet niet zeker of het door het licht in de flat komt of door zijn acute zorgen maar hij ziet eruit als iemand op de rand van de dood. 'Wat doe jij hier?' vraagt hij weer. 'Je wordt vannacht vermoord,' zeg je. 'O,' zegt hij. Hij kijkt naar Merlin en dan weer naar de deur.

De kamer is bijna vol als twee prostituees zich aandienen. Niemand wil toegeven dat hij ze besteld heeft maar je vermoedt dat Curtis en de kindacteur er verantwoordelijk voor zijn. Ze houden hun mond, uit angst te moeten dokken. Als de vrouwen binnen zijn stapt een van de uitsmijters die hun jargon spreekt naar voren en begint het pingelproces. Hij zegt dat hij wel in is voor een dubbeldek, en jij begrijpt het niet en ziet een constructie voor je waarop hij wordt vastgebonden om te worden afgeranseld, zoiets vermoed je althans. De prostituees noemen een prijs en de uitsmijter vraagt hoeveel het kost voor alle aanwezigen uitgezonderd de plotseling zeer zwijgzame Juffen, en als de koppen zijn geteld en de twee professionals even hebben overlegd wordt een prijs overeengekomen van tweeduizend dollar. De uitsmijter houdt een collecte en overhandigt duizend dollar in verkreukte biljetten van tien en twintig. Hij belooft binnen een halfuur terug te zijn met de andere duizend, verzoekt de prostituees in de tussentijd te stripdansen en verlaat luid joelend en in looppas de flat. (Het kabaal brengt Simon van slag. In zijn achterhoofd weet hij dat er gevaar loert en hij vraagt zich af of het kabaal een voorbode is. Hijgend grijpt hij naar zijn borst en dit is het moment waarop je platonisch verliefd op hem wordt.)

[73]

De prostituees zijn nu naakt en de lelijkste van de twee – allebei zijn ze heel lelijk – komt op de armleuning van je stoel zitten en vraagt met omfloerste stem hoe je haar precies gaat neuken. Ze is niet in je antwoord geïnteresseerd en alleen op zoek naar een eenvoudig bijvoeglijk naamwoord voordat ze verder het rijtje af gaat, maar haar borsten lijken wel stenen in sokken en een paars litteken van een keizersnee verdeelt haar buik in tweeën en je barst in onbedaarlijk lachen uit. Ze noemt je een vuile flikker en loopt naar Curtis, die vanaf de bank wenkt met een neppolitiepenning. Ze gaat bij hem op schoot zitten en hij haalt zijn erectie tevoorschijn – vol ongepigmenteerde vlekken, zie je, net als zijn handen – maar de prostituee weigert hem aan te raken voordat de uitsmijter terug is met de rest van het geld. De kindacteur staart naar Curtis' erectie en proest. Hij giet er bier over en Curtis' gebrul overstemt het geronk van de auto's op televisie. De kindacteur begint te brullen. Iedereen is aan het brullen.

De uitsmijter arriveert met het geld – hij wil niet zeggen hoe hij eraan gekomen is, maar iedereen begrijpt dat het niet zijn eigen spaarcenten zijn – en de prostituees zakken naast elkaar op handen en knieen. Ze worden van achteren gepenetreerd terwijl ze de mannen voor zich afzuigen en je kijkt ernaar zoals je naar een onsmakelijke operatie op tv zou kijken. Iedereen is high van de coke en niet tot ejaculeren in staat en de prostituees krijgen er geen woord tussen en worden afgebeuld als ploegpaarden. Het feest

wordt even verstoord als Curtis een van de prostituees in haar aars begint te neuken zonder het eerst te
vragen; hij wordt terechtgewezen en moet achter in
de rij aansluiten zodat hij zijn condoom kan verwis-
selen. Hij draagt nog steeds zijn zonnebril en instappers en je complimenteert hem met zijn sporen en hij
bedankt je. Onderwijl trekt hij lusteloos aan zijn lul.

In de andere hoek van de kamer, ver bij de anderen vandaan, zitten Merlin en Simon en de Juffen. Je
loopt naar ze toe en Merlin steekt zijn hand uit naar
je whisky maar de gedachte van zijn mond aan jouw
fles zint je niet, en je trekt de fles weg en geeft hem
aan Simon en dan drink je hem zelf leeg en zegt tegen Merlins boze blik: 'Wilde je ook wat? Had dat gezegd.' Merlin zegt niets maar laat zijn tanden zien.
De Juffen zijn van streek door de aanwezigheid van
de prostituees en Terri zegt dat ze niets anders dan
een stelletje hoeren zijn. Jij vindt het komisch om een
prostituee een hoer te noemen en je lacht, en Terri
zegt dat je je kop moet houden, en ze begint te trillen
en vervolgens te huilen en je weet niet waarom, en
het kan je niet schelen waarom. Je gaat terug naar je
stoel.

Een voor een hoor je de mannen stilvallen totdat
alleen de kindacteur nog pompend overblijft. Zijn lichaam is rood en haarloos, hij ziet eruit als een enorme pasgeboren baby en het grommende gezicht van
zijn prostituee is begraven in het vloerkleed – haar
dijen trillen en het ziet ernaar uit dat ze spoedig in elkaar zal zakken. Eindelijk komt hij en hij laat zich op

de grond vallen bij de voordeur, die ineens langzaam en gelijkmatig opengaat. In de deuropening staat een zwart jongetje naar het festijn te kijken en Merlin, die dit ziet, springt op uit zijn stoel en schreeuwt: 'Klein rotnikkertje!' De jongen is geschokt door de manier waarop hij wordt aangesproken en door de staat van de kamer – de kreunende en vloekende kindacteur, de prostituee met haar blozende kont nog in de lucht, het bergje coke en de wapens op de salontafel – hij pijnigt zijn hersens om het allemaal te duiden. Maar er is hem weinig tijd voor overpeinzingen vergund want de uitsmijters, sommigen half gekleed, anderen nog naakt, pakken hun wapens al om hem af te maken. Ze jagen hem de straat op en rennen hem achterna en je hoort hoe hij zich gillend uit de voeten maakt, Simon waggelt achter ze aan, roepend dat het het zoontje van de buren maar is, een schat van een joch. 'Hij zou nog geen vlieg kwaad doen,' zegt hij tegen je. Een van zijn ogen zit dicht, het andere is bloeddoorlopen.

De twee prostituees staan naakt in de keuken te gorgelen met mondwater en zich met tissues schoon te vegen. Ze hebben het over de finesses van het ongehuwd samenwonen en de problemen van het moederschap. 'Als de overheid je kinderen eenmaal heeft afgepakt, zit er niks anders op dan bidden en er een paar bijmaken,' zegt de een, en de ander knikt langzaam. Op weg terug naar zijn stoel raakt Simon met zijn voeten verstrikt in een rondslingerende broek en valt met zijn hoofd op de hoek van de tafel waardoor hij op slag bewusteloos is. Het ochtendgloren licht de gordijnen op en Simons bloed verspreidt zich over de vloer en naar de muren. De deur is blauw. Je kijkt om je heen naar een telefoon en ziet een rode op de grond naast de bank. Je schrikt je rot als hij begint te rinkelen. Simons voeten stuiptrekken en Merlin rent de deur uit met de paar resterende blikjes Pabst onder zijn arm. Je neemt de telefoon op en zegt hallo. De Juffen komen de kamer binnen en zetten het op een gillen.

DE NIEUWE HUURDERS treffen Curtis in hun kast aan en zetten hem op straat, waar hij wordt beroofd van zijn leren jack, spiegelende zonnebril en holsters – hij smijt zijn sporen in de goot en spuugt. De volgende drie dagen en nachten brengt hij grienend door in anonieme steegjes terwijl hij wraakmoorden en uitvoerige zelfmoordexercities beraamt, maar het ontbreekt hem aan de intelligentie, energie en moed om ze daadwerkelijk uit te voeren. Hij kijkt in het telefoonboek en ziet dat zijn ouders, met wie hij al jaren geen contact meer heeft, in San Fernando Valley wonen, en hij belt ze collect call om zijn zaak te bepleiten. Zijn moeder weigert hem op te halen maar zegt dat hij welkom is voor een bezoekje of korte logeerpartij mits hij op eigen gelegenheid komt, en hij levert zich over aan de genade van een buschauffeur van wie hij gratis mag meerijden op voorwaarde dat hij ophoudt met huilen en achter in de bus gaat zitten. Curtis slaagt erin het huis te vinden, waar hij zijn ouders op een piepende verandaschommel aantreft nippend aan een blikje icetea, een lieflijk droombeeld dat zijn hart met warmte en dankbaarheid vervult, alleen zijn z'n ouders minder blij hem te zien en herinneren ze hem al snel aan zijn vele fouten en vreemde seksuele escapades. Ze wijzen naar een hoekje in de garage, waar met een krijtstreep zijn leefruimte is uitgezet; ze geven hem een lijst met taken en zeggen dat hij maar eenmaal zijn plicht hoeft te verzuimen of ze bannen hem terstond en voorgoed uit hun huis en hart. Hij zet zijn handtekening onder de lijst en de huurovereenkomst en jankt als Christus aan het kruis terwijl hij het dode gazon maait.

Elk jaar rond Kerstmis drink je twee weken whisky sours. De bar ruikt naar dennentakken en gloeit rood en groen van de kerstverlichting en je wordt herinnerd aan de tijd, een aantal jaren terug, toen je in het noorden woonde. Het was er koud en regenachtig en je werkte als ongeschoolde arbeider en dit was je drankje, whisky sour met een kers en een partje citroen. 's Avonds kwam je met vrienden bij elkaar in de bar op de hoek en dan bespraken jullie de gebeurtenisjes van de dag: een ongeluk op het werk, een grap die iemand had uitgehaald, dingen die je uit het huis van je werkgever had gestolen, een stommiteit die je psychopathische oom had begaan. Achter de bar stond een jonge vrouw; je keek graag hoe ze naar dingen reikte. Ze verkocht pillen over de toonbank, dus als je binnenkwam schudde je de regendruppels van je pet en je loden jas en zei: 'Een dubbele whisky sour en twee blauwe graag.' Je droogde je handen aan je broek om de pillen niet nat te maken en twintig minuten later werd je overmand door een heerlijke, vluchtige droefheid. Boven de bar knipperde het hele jaar door een snoer kerstlampjes, dus daarom word je elk jaar december aan die tijd herinnerd. Soms bellen ze of je weer eens daar in het noorden langskomt maar je durft niet terug, want dan zou er ongetwijfeld iets van je herinneringen bedorven worden. Alles verandert en zelden ten goede. Maar je brengt dat oord ver hiervandaan een saluut met twee weken whisky sours aan het eind van ieder jaar, en dat moet voorlopig maar genoeg zijn.

Er is beroering in de bar vanwege duistere geldproblemen van de eigenaars, die iedereen halsoverkop oproepen voor een bespreking overdag en grimmig en geheimzinnig doen als ze hun financiën ter sprake brengen, en je zit met je handen te friemelen bij de gedachte aan afvloeiing en de bespreking duurt maar en je volgt het niet meer maar scharrelt met je gedachten langs andere banen waarop je zou kunnen terugvallen maar die zijn er niet behalve ongeschoolde arbeid of achter de kassa zitten maar daar kun je niet naar terug want je bent verwend door je werk als barhulp, waarbij je overdag vrij bent en waarvoor je zwart wordt uitbetaald in contanten en waarbij je onder werktijd zo veel Jameson kunt drinken als je wil, dus je besluit niet naar ander werk uit te kijken maar elke denkbare creditcard aan te vragen en dan voorschotten op te nemen bij elke financiële instelling die bereid is met je in zee te gaan. Als je een beetje zuinig aan doet zou je het op die manier een jaar kunnen uitzingen, en je denkt aan tripjes naar Big Sur en San Francisco en goedkope hotels en treinreizen. Je zou zelfs een rugzak kunnen aanschaffen en op het strand slapen als een vieze hippie, of misschien écht een vieze hippie worden, en je ziet jezelf al met een baard en een hond en een wandelstaf en je lacht hardop en de bespreking stokt en je verontschuldigt je en de eigenaars gaan door en nu luister je en dit is wat je ze hoort zeggen:

Niemand wordt afgevloeid (zeg maar dag tegen je vrijbuitersplannen) maar er gaat wel worden bezuinigd en totdat de financiële problemen voorbij zijn zullen alle personeelsleden de teugels moeten aantrekken. Dit houdt in: geen gratis drank meer schenken, aan niemand, ongeacht wie het is of hoeveel tijd of geld hij/zij al in de bar heeft gespendeerd. De personeelsleden zijn ontzet en beginnen bepaalde klanten te noemen. 'Maar hém toch zeker wel,' zeggen ze, of: 'Je verwacht toch niet dat we háár laten betalen?' en de eigenaars herhalen: iedereen betaalt tot de laatste cent alles wat hij drinkt. Langzaam daalt het decreet in bij het personeel en iedereen zwijgt en stelt zich de vele afgrijselijke gesprekken voor die binnenkort gevoerd zullen moeten worden, want de stamgasten hun alcohol ontzeggen is zoiets als hongerige zwervers wegsturen bij een gaarkeuken, en je ziet hun ingedeukte gezichten al als je ze deze nieuwe regel meedeelt en opnieuw onderbreek je de bespreking met je gelach en je krijgt een waarschuwing – nog één keer en je vliegt eruit.

Verdere maatregelen: Simon wordt ontheven uit zijn functie als bedrijfsleider en zijn extra loon is bij dezen verbeurd. Niemand zegt hier iets op maar iedereen vraagt zich af waarom de expliciete mededeling over de loonkorting niet achterwege had kunnen blijven. Simon is er niet bij, hij is al eerder van zijn demotie op de hoogte gesteld dus de publieke vernedering wordt hem bespaard.

'Is hij oké?' vraag je.

'Hij is gaan golfen.'

'Wie wordt er nu dan bedrijfsleider?'

Iedereen spitst de oren en de eigenaar en zijn vrouw kijken elkaar zenuwachtig aan. Ze zeggen dat ze graag iemand aan jullie willen voorstellen en roepen een naam en een goudgebronsde jonge man met donkerblond haar en groene ogen en zo knap dat hij bijna mooi is komt uit het kantoortje tevoorschijn en posteert zich voor de groep. Dit is Lancer; hij wordt de nieuwe bedrijfsleider. Hij doet de ronde, schudt iedereen de hand en offreert complimentjes (tegen jou zegt hij dat hij heeft gehoord dat je 'er wel weg mee weet'). Hij is zeker tien jaar jonger dan jij en twintig jaar jonger dan sommige van de bartenders, wat betekent dat hij nog op de middelbare school moet hebben gezeten toen jij hier kwam werken en pas tien was toen de anderen aantraden bij de opening van de bar. Je hebt geen enkele ambitie om het tot bartender te schoppen, laat staan tot bedrijfsleider, dus je trekt je weinig aan van deze wending in de gebeurtenissen, maar de overige aanwezigen kunnen hun gekwetstheid niet verbergen en ze staan op en beginnen te schreeuwen en één gooit zijn stoel om en neemt op staande voet ontslag en de eigenaars steken hun handen in de lucht om de boel te sussen en even heb je het idee dat er geweld tegen ze gebruikt gaat worden (waar je niet aan mee zult doen maar je bent ook niet van plan diplomaatje te spelen) en ook tegen Lancer, die zich in een hoek heeft teruggetrokken en er bezorgd en verschrikt uitziet (en dramatisch en knap).

Het komt niet tot geweld. De medewerkers verlaten ongecoördineerd het pand zonder acht te slaan op de verzoenende stemmen van de eigenaars en lopen naar hun auto's en rijden naar huis om met hun vrouwen of vriendinnen te jeremiëren over al die jaren die ze hebben opgeofferd in het duister van de bar om ten slotte te worden gepasseerd door jeugd, schoonheid en onervarenheid – al die jaren geploeter voor niets. De eigenaars trekken zich terug in het kantoortje, waar ze hun schuldgevoel gaan wegdrinken, en jij blijft alleen achter met Lancer. Hij is aangeslagen door de ontvangst en zegt dat hij de baan niet aanneemt maar weer van zijn uitkering en zijn acteerwerk zal proberen rond te komen tot hij een scenario verkoopt, en je bent onder de indruk van de manier waarop hij dit communiceert, als via een eenrichtingsradio en volledig berekend op theatraal effect, en je beseft dat niets wat je zult zeggen enige indruk zal maken op deze persoon dus geef je alleen een klopje op zijn arm en vraagt wat hij wil drinken en hij beantwoordt deze vraag *door op zijn horloge te kijken*. Je loopt naar de bar om jezelf in te schenken en Lancer ziet dit en zegt: oké, één drankje en dan ga ik tegen de eigenaars zeggen dat ze iemand anders moeten zoeken, en jij komt aan met twee Jamesons en hij verslikt zich in de zijne en er loopt een huivering van boven tot onder over je rug en hij vraagt wat voor drank dat was en je noemt hem het merk en hij zegt: nee, ik bedoel wat voor soort alcohol, en prompt word je platonisch verliefd op Lancer en je schreeuwt het antwoord in zijn gezicht: 'Ierse whisky!'

VERTEL OVER BRENT de ongelukkige uitsmijter. Hij is ongelukkig omdat: hij liever geen uitsmijter zou zijn en omdat zijn bowlingkegelvormige vriendin met de X-benen hem eens per maand in de steek laat om beurtelings met zijn beste vrienden te slapen, aan wie hij een hekel heeft, en die een hekel hebben aan hem. Hij is ook ongelukkig omdat hij last heeft van een ingewandsstoornis waarvan de symptomen te smerig zijn om te beschrijven maar die hij geregeld beschrijft, tot in het kleinste detail; deze aandoening maakt langdurig staan op een vaste plek in een openbare gelegenheid tot een risico, om niet te zeggen een kwelling. Zijn belangrijkste aan diggelen vallende droom is bokser of worstelaar of kooivechter worden, of wat voor officieel erkend type vechtersbaas dan ook, maar dat gaat niet gebeuren want Brent is één meter zestig en ondanks dat hij voortdurend traint en groeihormonen spuit zal hij nooit het gewenste postuur van een echt intimiderende beroepsgeweldenaar krijgen. Zijn op één na belangrijkste aan diggelen vallende droom is producer worden van kabel-tv-programma's en de eerste twee jaar dat hij bij de bar werkt heeft hij het nergens anders over (hij is dan nog niet de ongelukkige uitsmijter maar de optimistische, arrogante uitsmijter). Op een gegeven moment lijkt er van een van zijn voorstellen een pilot aan te komen en hij vertelt je over de vele vergaderingen en werklunches die hij bijwoont en hij begint opzichtig te strooien met Hollywoodjargon als 'sets' en 'gescripte scènes' en 'postproductie'; hij praat er vrolijk en geanimeerd over en zegt dat hij de eerste cheque die binnenkomt zal zoenen als ware het een grietje, zijn enkele reis weg uit de bar en een bestaan van beduimelde ID-kaarten, ordinaire vuistgevechten, naar rook stinkende T-shirts en cimbaalslaande katers.

Maar op den duur heeft hij het steeds minder over 'miniplots' en 'antiplots' en 'het groene licht krijgen' en na een paar maanden is het afgelopen met zijn Hollywoodpraatjes en is het duidelijk dat zijn deal niet doorgaat. Hij begint te drinken onder werktijd en wenkt je voortdurend om zijn wodka stiekem bij te schenken en het kan hem geen zak schelen of je zegt dat je het druk hebt en wordt razend als je zijn glas te lang leeg laat en tegen sluitingstijd is hij oorlogszuchtig en onnodig agressief bij het ontruimen van de bar en zodra de bezoekers weg zijn rent hij naar de wc om zich duidelijk hoorbaar over te geven aan zijn ingewandsstoornis, en met wat munten in je hand haast je je naar de jukebox om de geluiden van zijn kwaal te overstemmen.

LANCER GAAT NIET TERUG naar zijn uitkering maar neemt de baan in de bar aan, gesterkt door een loonsverhoging en de overtuiging dat hem binnenkort iets groters en beters te wachten staat. De ontvangst door de bezoekers en medewerkers, met name Simon, is aanvankelijk koel maar dat deert hem niet; zijn agent voorziet in de toekomst grootse dingen voor hem die hij steeds maar blijft oplepelen tegen jou en de bartenders, die voor het merendeel zelf acteur of voormalig acteur zijn en van hun eigen agenten of voormalige agenten dezelfde kletsverhalen hebben gehoord, en ze leggen hem uit dat alle agenten overal ter wereld dit soort leugens opdissen en dat het strelen van de ego's van hun cliënten de primaire functie van agentschappen is. Lancer wijt deze adviezen aan zure druiven. 'Ik snap het wel,' zegt hij. 'Hoe zou jíj je voelen na vijftien jaar mislukking?'

'Vraag dat over vijf jaar nog maar een keer,' zeg je. Maar je bent het met zijn agent eens – Lancer is inderdaad niet op zijn plaats in de bar en waarschijnlijk staat hem echt iets groters en beters te wachten. Zijn gezicht is te fijnbesneden, zijn hart is te fijnbesnaard, onaangetast door jaloezie en hebzucht en zelfhaat, om het heel lang vol te houden in een zaak als deze. En zoals hij hoopt de bar te kunnen verlaten en zich te omringen met mensen die even pittoresk zijn als hij, zo verlangen jij en de anderen naar zijn vertrek, zodat jullie kunnen vergeten dat zo'n gebit überhaupt bestaat en door kunnen met jullie leven zonder voortdurend te worden herinnerd aan wat er mankeert aan jullie genetische blauwdruk.

Lancer werkt al een halfjaar in de bar en is nu min of meer geaccepteerd als collega. Hij wordt geplaagd, maar slechts speels, en zijn opdrachten, die eerst werden genegeerd, worden nu opgevolgd, zo niet naar de letter dan toch dicht naar de letter. Zelfs Simon is vriendelijker sinds Lancer hem een auditie bij zijn agentschap heeft bezorgd. Maar één iemand is onverminderd kritisch, en dat is Brent de ongelukkige uitsmijter, die in het begin van hun kennismaking de neerbuigende rol aannam van de doorgewinterde Hollywoodman, een die met de grote jongens heeft onderhandeld en het nog kan navertellen, maar die nu z'n eigen dromen zijn vervlogen z'n jaloezie niet langer verbergt en zich openlijk vijandig gedraagt. Hij probeert het overige personeel tegen Lancer op te zetten maar dat pakt averechts uit; het groepsgevoel is dat iemand die bij Brent zo veel afkeer weet te wekken zo slecht nog niet kan zijn. En dus is het met iets van droefheid dat de bar in de tiende maand van zijn dienstbetrekking afscheid neemt van Lancer – hij heeft zijn filmscript verkocht en trakteert zijn ouders op een vakantie naar Hawaï alvorens aan een nieuw leven van rijkdom en flitslampen te beginnen.

Als het personeel aan het eind van zijn laatste avond om hem heen staat komt Brent aanlopen en vraagt wat de aanleiding voor de feestvreugde is. Lancer vertelt het hem en Brent knippert met zijn ogen en sputtert dat het script vast op de plank gelegd wordt om te verstoffen en dat Lancer binnen het jaar weer achter de bar zal staan – een sneue reactie, zelfs voor een sneu type als Brent – en de groep staat verstomd van zo'n onbeschaamd vertoon van bitterheid. Ook Brent zwijgt. Hij lijkt van zijn eigen reactie geschrokken en voordat iemand weer bij z'n positieven is om hem de mantel uit te vegen beweert hij dat het maar een grapje was en dat hij juist blij is voor Lancer, en hij steekt zijn hand uit en Lancer neemt zijn hand aan en Brent vraagt voor hoeveel Lancer het script heeft verkocht en Lancer noemt een tamelijk hoog cijfer met vijf nullen en Brent knippert nogmaals met zijn ogen en zegt dat hij het niet gelooft en Lancer gooit achteloos een nummer van *Variety* op de bar zodat Brent het kan nakijken. Als Brent het artikel checkt en ziet dat het getal klopt, hapt hij naar adem en doet wankelend een paar passen naar achteren, draait zich om en rent naar buiten. Onderweg grijpt hij een bar- kruk mee en hij trapt de deur open met zijn voet, en terwijl de deur dichtzwaait zien jij en de anderen, jul- lie nekken identiek verdraaid, hem de barkruk boven zijn hoofd tillen en tegen de stoep kapot smijten.

VERTEL OVER DE EXTREEM LANGE MAN die je ziet of meent te zien als je op een nacht over Echo

Park Avenue naar huis rijdt. De maan staat vol en laag en de schaduwen vallen zo dat je in je ooghoek een glimp opvangt van een man zo hoog als een huis. Hij leunt tegen de pui van een buurtsuper en je ziet zijn breedgerande hoed en donkere kleding en weet dat hij in twee lange passen de straat zou kunnen oversteken naar je auto en je stelt je voor dat hij je naar huis volgt en op handen en voeten door je voordeur naar binnen kruipt. Je krijgt dromen waarin hij zich bij je huis verstopt en je grootste angst is dat hij door je raam naar binnen kijkt terwijl jij alleen thuis bent. Dat zijn hoed langzaam in het donker tussen de bomen en struiken opdoemt en zijn blik je ogen vangt en hij zijn tanden laat zien en naar de voordeur wijst.

IGNACIO DRINKT NIET, maar net als de anderen is hij elke avond present. Hij komt uit Spanje en is midden vijftig, heeft een baan als monteur en woont comfortabel in bij zijn ziekelijke tante die een pension drijft. Om duister blijvende redenen zit hij zwaar onder de medicijnen. Hij heeft last van duizelingen en moet soms tegen de bar leunen om overeind te blijven en zijn ogen puilen uit hun kassen en een keer streek hij met zijn hand over zijn gezicht en zei tegen je: 'Ik ben geen knappe man.' Dit was slechts een onderdeel van het zoveelste wegwerp-kroegverhaal waarvan je je de strekking niet meer herinnert, maar elke keer dat je Ignacio begroet moet je aan deze uitspraak denken. Het was een schitterende opmerking en je bewondert hem om zijn zelfkennis.

Zijn jasje is geperst, zijn overhemd is gestreken en zijn schoenen zijn gepoetst, zijn kale schedel is glanzend gepolijst en zijn snor is tot fraaie punten getrimd – Ignacio is verschrikkelijk ijdel. Hij draagt een broek van stevig leer die hij heeft opgesierd met zelf ontworpen patronen: hoefijzers, stierenkoppen, vallende sterren en manestralen. De broek heeft een vetersluiting van achteren en je vraagt je af wiens taak het is het kledingstuk dicht te veteren. Je wijst naar het leer en zegt dat het zeker bulletproof is en hij schudt zijn hoofd. 'Hufterproof,' zegt hij. Zijn lach klinkt als het blaffen van een hond.

Hij is een fantast van wereldklasse en je geniet ervan te observeren hoe hij scenario's uit een ver, niet bestaand verleden bij elkaar verzint. Als je hem moet geloven heeft hij talloze onverzadigbare schoonheden in Europa, Azië en Noord-Amerika het bed in gelokt en iedere man die het waagde hem minder dan het opperste respect te tonen fysiek vernederd. Hij beweert in zijn jonge jaren stierenvechter te zijn geweest en één keer liet hij je een oude, onscherpe foto zien van hemzelf in volle matadoruitrusting met cape naast een zopas gedode stier in het midden van een grote arena, met op de achtergrond uitzinnig publiek. Heel even was je onder de indruk maar hij gaf je de foto niet in handen en stopte hem verdacht haastig weer weg en later vroeg je je af: Had je het je nu verbeeld of was die cape echt een babydekentje? En waarom kwamen die mannen op de achtergrond

[89]

op hem afgestormd? En klopte het dat hij tennis-schoenen droeg? Hij laat je de foto nooit meer zien, ook al vraag je er elke keer naar.

Van sommige stamgasten geven de verhalen je een eenzaam, zelfs bitter gevoel, maar Ignacio's sprookjes hebben een zekere glans en je buigt naar voren om ieder woord op te vangen. Je weet dat hij een fantast is maar toch hebben zijn verhalen een schijn van waarschijnlijkheid. Hij staat, of stond, open voor grootheid – er straalt potentiële grootheid uit zijn ogen – alleen heeft de grootheid hem links laten liggen en dus vertelt hij over wat had kúnnen zijn. Hij kan het ophangen van verzinsels niet laten, dat wil zeggen hij weet prima dat niemand hem gelooft en toch blijft hij verhalen verzinnen en vertellen. Ook lijkt er een deel van hem te zijn dat naar zijn eigen verhalen luistert en gespannen wacht hoe ze aflopen, een deel van zijn wezen dat van de verstandelijke kern is losgeraakt en zijn eigen verrukte publiek vormt.

In zijn vrije tijd schildert hij, een doek of twee per jaar, zelfs voor de meest relaxte weekendschilder een schamele productie, maar te zijner verdediging kan worden aangevoerd dat de schilderijen uitzonderlijk ambitieus zijn, misschien niet wat de voorstelling betreft maar wel qua formaat; sommige meten maar liefst drie meter bij één tachtig. Ze zijn aangenaam om naar te kijken. Niet bijster opwindend – cirkels in cirkels in cirkels – maar je hebt de indruk dat Ignacio niet zozeer is geïnteresseerd in het eindresultaat als wel in het tot een goed einde brengen van een project.

Als een schilderij af is brengt hij foto's mee (altijd met hem ernaast) en let goed op dat niemand er aankomt zodat ze niet beduimeld raken. Hij loopt de rij stamgasten langs, houdt de foto's op ooghoogte tot de kijker zijn inspanningen afdoende heeft geprezen en als hij iedereen heeft gehad stopt hij het mapje weer in zijn borstzak en heft een stompe vinger in jouw richting. Vanavond zal hij tegen het uitdrukkelijke voorschrift van zijn arts in één glas rode huiswijn drinken, hij zal er bijna een uur over doen en als hij het glas leeg heeft houdt hij het bij zich om eraan te snuffelen en aan de rand te likken.

Het is op een avond na een van deze zeldzame fotovertoningen dat je Ignacio vraagt of hij ook weleens kleinere schilderijen heeft gemaakt en hij knikt bevestigend maar komt niet meteen op gang en je ziet dat hij iets aan het verzinnen is. Het kost hem even maar dan roept hij je terug, en dit is het verhaal dat hij je vertelt:

Op een ochtend vroeg, tien zomers geleden, was hij een groot doek aan het prepareren in de achtertuin van het huis van zijn tante. Vanaf zijn werkplek kon hij zien wat er op straat gebeurde en hij zag een klein meisje door het hek turen en naar hem kijken. Het was een beeldschone latina van een jaar of acht, negen, en hij draaide zich om en glimlachte en riep of ze dichterbij wilde komen, maar ze was verlegen en schrok van zijn zware stem en rende weg. De volgende ochtend zag Ignacio haar weer, maar nu was ze door het hek en over de erfgrens gekomen, en weer groette hij haar en weer ging ze ervandoor. Dit ritueel herhaalde zich meer dan een week lang maar elke dag kwam het meisje dichterbij en ten slotte raapte ze al haar moed bij elkaar en stapte op Ignacio af om hem te zeggen dat ze zo nieuwsgierig was naar zijn schilderij, en zo benieuwd naar hoe het zou zijn als het af was, en had hij nog meer schilderijen? wilde ze weten. En verkocht hij die voor een miljoen dollar? En waarom schilderde hij alleen maar vormen en geen 'dingen'? En was hij heel beroemd? Het meisje zat vol vragen en Ignacio, geroerd door haar onschuld, beantwoordde ze allemaal en vroeg op zijn beurt naar haar familie en haar leven en haar godsdienst, en telkens waren haar antwoorden openhartig en allerliefst, en hij vond het prettig om met haar te praten en zij met hem, en ze sloten vriendschap.

Ze kwam nu dagelijks langs, trok een emmer bij (haar emmer, heette die algauw) om naar de voortgang van het schilderij te kijken en haar dag met hem door te nemen. Ignacio kreeg te horen dat ze ging met een jongen uit de buurt die Eddie heette, een brutaal joch met een spuuglok, die haar plaagde en 'gratenbaal' noemde omdat ze zo mager was. Een keer had Eddie haar op de wang gekust en ze gilde van plezier en gleed van haar emmer af terwijl ze het aan Ignacio vertelde, maar later trapte Eddie haar in haar maag en toen was ze neerslachtig en zwoer de liefde af om zich voortaan geheel aan de kunst en de kerk te wijden. Ze concentreerde zich nu in volle ernst op het schilderij en haar ogen tuurden en haar mondje stond stil, en toen het schilderij na een paar maanden af was huilde ze want ze wilde niet dat er een eind kwam aan haar omgang met Ignacio of dat het schilderij van zijn blokken zou worden gehaald. Ze wilde het schilderij voor zichzelf en was ontroostbaar toen ze ontdekte dat Ignacio er al een koper voor had en dat het de volgende dag naar New York zou worden verstuurd.

Wat het meisje niet wist was dat Ignacio in de avonduren had gewerkt aan een kleiner schilderij speciaal voor haar, een klein schilderijtje met hartjes in de hoeken en een toegenegen opdracht onderaan, en toen hij het aan haar gaf veegde ze de tranen van haar gezicht en legde haar hand op het doek en begon toen opnieuw te huilen, en ze zwoer bij God en Zijn Moeder dat ze hem ooit zou belonen, en toen rende ze weg met het doekje onder haar arm, beschaamd om haar eigen emotie, en Ignacio keek haar lachend na en zijn lichaam gloeide vanwege de goede daad die hij had verricht.

Nu buigt Ignacio zijn hoofd om een slok fris te nemen en je slaakt een diepe zucht van opluchting, want even was je bang dat dit een smerig, immoreel verhaal over pedofiele liefde zou worden, en je bedankt hem voor zijn verhaal en staat op om weer aan je werk te gaan maar hij schraapt zijn keel en zegt dat hij nog lang niet klaar is en zet je schrap want nu gaat het mooi worden, en hij knipoogt en je angst bekruipt je opnieuw. Ignacio strijkt over zijn snor en vervolgt:

'Iedere dag keek ik naar haar uit maar ze kwam niet meer langs. Na een tijdje vergat ik haar. Jaren verstreken, ik ging door met mijn werk, maar afgelopen zomer zat ik op een ochtend op de oprit geknield om de wielen van mijn bestelbus te wassen en toen voelde ik iemand achter me, en ik zag in de weerspiegeling van de wieldoppen dat er een vrouw achter me stond, en ik draaide me om, en ik zag een paar prachtige bruine enkels als bloemen uit roodleren naaldhakken bloeien. Ik keek omhoog en zag de kuiten, en de knieschijven, en de dijen – blote bruine dijen – en ik keek nog hoger en zag vanuit mijn geknielde positie dat deze vrouw... geen ondergoed droeg!'

Ignacio spert zijn ogen als een waanzinnige en leunt achterover en nu wordt van jou een reactie verwacht maar je geest is blanco en in je oren hoor je een gedruis alsof ze vacuüm worden gezogen en dus zeg je alleen maar dit: 'Wow.'

'Dat is nog niks,' zegt Ignacio. 'Nu komt het pas echt.' Hij wappert met zijn hand in de lucht tussen jullie in. 'Ik was verbijsterd bij de aanblik van haar geslacht. Ik was hulpeloos, als verlamd, een verblind dier op de snelweg. En toen kwam er heel even een briesje voorbij en ik zweer je, ik rook haar... ik rook haar zoete... vagina!'

Bij het horen van deze laatste twee woorden ben je moederziel verlaten en alleen op de wereld en als het pand plotseling door een aardbeving in tweeën was gespleten, had je je armen in de lucht gestoken en de vallende brokstukken gesmeekt om op je schedel terecht te komen en hem te verpulveren. Ignacio maakt zijn verhaal af (die vrouw was natuurlijk het kleine meisje, volwassen inmiddels, teruggekomen om het schilderij te betalen door haar maagdelijkheid aan te bieden, en hij gaat erop in en hij is een vurige en bovenmenselijke seksmachine en zij is een gretige hoer, en dan is ze weg en rookt hij alleen in zijn slaapkamer een sigaar) en je blijft tegenover hem staan zolang als je kunt maar je kin begint te trillen en je voelt dat je eindelijk je taks hebt bereikt, dat je oren en je hart de smerige, walgelijke leugens van de stamgasten niet meer aankunnen, en de tranen springen in je ogen en Ignacio vraagt bezorgd wat er is en je duwt hem met een verontschuldiging opzij en rent de deur uit en de steeg in, waar je tot je verbazing ontdekt dat je ongegeneerd huilt. Nu je eenmaal begonnen bent heb je het idee dat je niet meer kunt stoppen, of binnenkort een punt zult bereiken vanwaar je niet terug kunt zonder je verstand te beschadigen, dus om aan dit gevoel van vallen een eind te maken haal je uit en beukt zo hard als je kunt met je vuist tegen de bakstenen muur. Nu voelt je hand als een bevroren klauw, en je loopt de bar weer binnen om Simon het bloed en de gescheurde huid te laten zien en wordt naar huis gestuurd en als je 's ochtends wakker wordt is je hand twee keer zo groot als anders en door de mist van de pijn heen besef je dat je vrouw weg is, de kleerkasten en badkamerkastjes leeg. Op je kussen een briefje.

DANA IS ACHTTIEN en verkrijgt toegang tot de bar met de ID-kaart van haar stiefmoeder. Haar stiefmoeder is tweeënvijftig. Jij bent tweeëndertig. Dana's vriendje, Joey, is zevenentwintig. Ze zitten naast elkaar en lachen naar je als je op ze toeloopt – ze zijn klein en donker van huid en vinden het blijkbaar erg komisch dat jij zo lang en dun en bleek bent. Je mag ze allebei graag en geeft ze gratis drankjes maar ze geven je nooit een fooi, maar dat is niet uit krenterigheid maar uit gebrek aan geld voor fooien. Niet dat ze exorbitante fooien zouden uitdelen als ze ooit een grote prijs wonnen. Het zijn gewoon geen poenige types die met geld smijten, zullen het nooit worden ook, en het stoort je niet want ze hebben eerlijke ogen en ze mogen je en je beeldt je in dat ze imitaties van je ten beste geven als ze met hun tweetjes zijn: hikken, worstelen met de zwaartekracht, een onzichtbare bril op hun neus omhoog duwen.

Aan hun romance is een schandaal verbonden en wel dit: Joey is Dana's vroegere gymleraar. Hun verhouding werd aan het licht gebracht door de conrector van hun middelbare school, een ambitieus mannetje met jeugdpuistjes, aan wie zowel de leerlingen als de staf een gruwelijke hekel hadden. Op een avond betrapte hij Dana en Joey hand in hand en kussend bij de buurtpizzeria, en hij greep niet persoonlijk in maar waarschuwde de media, die het restaurant met flitsende camera's bestormden en hun microfoons als lansen naar Joey toestaken op het moment dat hij ter vermaak van Dana in één lange teug een ijsgekoelde Bud Light extra extra large naar binnen klokte. Hij werd publiekelijk aan de schandpaal genageld en met veel kabaal ontslagen; Dana werd door haar vader in elkaar getimmerd en voorgoed van school gestuurd. De conrector kreeg promotie en gaf een feest in de kantine om het te vieren en niemand, niet één van de mensen met wie de man beroepsmatig dan wel persoonlijk een band had, kwam opdagen.

Maar inmiddels heeft Dana staatsexamen gedaan en die treurige geschiedenis achter zich gelaten. Ze woont alleen in Culver City en heeft twee halve banen en is best tevreden met haar leventje en met Joey, maar haar jeugdige leeftijd staat volkomen tevredenheid in de weg, en na verloop van enkele maanden laat ze een oogje op jou vallen. Joey is een nacht de stad uit vanwege een sollicitatiegesprek op een katholieke meisjesschool in San Francisco en Dana komt alleen naar de bar, dronken en in een laag uitgesneden blouse. Ze blijft tot na sluitingstijd, trekt haar blouse uit en haar huid is gaaf en binnen drie of vier minuten is alles voorbij en zitten jij en zij naast elkaar de donkerte van het achterzaaltje in te staren terwijl de rook van jullie sigaretten omhoog kringelt en oplost. Je denkt dat je haar hoort huilen maar je hebt geen zin om haar aan te kijken of iets te vragen of haar op welke manier dan ook te troosten en als ze opstond en de deur uit rende zou je haar niet tegenhouden. 'Ik had het nog nooit met een blanke man gedaan,' zegt ze, en ze steekt een poezelig babyhandje uit, terwijl je broek nog op je enkels hangt.

Vertel over Ginny met haar korte bruine haar, haar mopsneusje en haar plompe rode handen als doorregen vlees dat ligt op te zwellen in de woestijnzon. Haar ogen puilen uit en haar poriën geven een geur af van worstjes, chilibonen en patat met mayonaise en je vraagt je onwillekeurig af welke gruwelen in haar dikke darm huizen. Ze is een actief bezoekster van zowel AA- als NA-bijeenkomsten maar verlaat altijd als laatste de bar en blijft vaak tot na sluitingstijd, en tegen die tijd ben je reddeloos dronken en reddeloos geïnteresseerd in haar dikke witte kont. Ze volgt je naar de opslagruimte en ontkleedt zich gedeeltelijk om gestreeld en zachtjes geslagen te worden maar laat je altijd stoppen voordat er iets van betekenis wordt bereikt en ze raakt je nooit aan maar laat zich alleen aanraken. Nu trekt ze haar kleren weer aan en is knalrood en ze verlaat de bar met verwarde haardos en een triomfantelijke scheve lach op haar gezicht bij de gedachte aan jouw onvervulde, gulzige verlangens, en je vervloekt haar en haar plagerijen, want tenslotte heeft ze dit jou en anderen al vaker geflikt en je zegt tegen jezelf dat je je dit onder geen beding nog eens laat gebeuren. Het gebeurt je nog eens en nog eens en nog eens en nog eens.

Vertel over Daniëlle. Ze is zesenvijftig, met broos, te vaak geverfd wijnrood haar en oranje lippenstift en talloze trieste tattoos waarvan ze de betekenis met je hoopt te delen. Ze is aardig maar heeft het begerige hart van een klein meisje en haar ogen vernauwen zich bij het drinken en ze kijkt naar je alsof je het laatste stuk taart bent op een feestje. Er plakt margaritazout in haar mondhoeken en soms loop je met haar naar de opslagruimte maar alleen als je extreem dronken bent. (Ze trakteert je voortdurend op borrels, schuift ze naar je toe en noemt je een flauwerik als je protesteert.) Er brandt een niets verhullende lamp in de opslagruimte en je wil hem uit meppen om Daniëlle op haar gemak te stellen maar ze lijkt zich er niet aan te storen, ondanks de slechte tijden die op haar gezicht staan gegrift en de schaduwen die onder haar pony en oogkassen dansen als ze vooroverbuigt en je vervolgens vastgrijpt. Ze duwt je met je rug tegen de ijsmachine en de opslagruimte is bomvol en je wil gillen en lachen en schreeuwen en Daniëlle in haar maag stompen maar ze staat als een furie aan je riem te wurmen en je weet dat het te laat is om nog terug te krabbelen en dus staar je naar het kale peertje tot het je zwart voor ogen wordt.

VERTEL OVER DE KLEINE, te dikke latina die achter je aan komt in de opslagruimte nadat je naar haar geknipoogd hebt. Ze is zo onaantrekkelijk dat je dacht dat dit geen kwaad kon maar ze heeft de wenk opgevat als een wellustige uitnodiging en zonder zelfs maar een zoen uit te wisselen zit ze nu op haar knieën, en hoewel je zwaar achterloopt met je werk en voor dit soort dingen geen tijd hebt, merk je dat je hand omhooggaat om de deur te vergrendelen. Je probeert je te concentreren om het avontuur te bespoedigen en terwijl je naar de etiketten van de vele flessen op de planken staart, begint de vrouw te grommen en je neemt aan dat ze behalve iets met jou ook iets met zichzelf aan het doen is, en als je omlaag kijkt om dit te verifiëren zie je dat haar hoofd zo dun behaard is dat ze slechts te omschrijven is als kalend of gedeeltelijk kaal, en bij het zien van de lijkgrauwe kleur van haar hoofdhuid en de fijne, roze-blauwe adertjes die over haar hoofd kriskrassen als op een wegenkaart valt je mond open. Je slaagt erin klaar te komen en de vrouw staat op en slaat haar armen om je borstkas. Nu kun je haar hoofdhuid duidelijk zien en je zou willen weten of ze onlangs iets als kanker heeft moeten doorstaan maar je weet niet hoe je dit ter sprake kunt brengen zonder haar te krenken. Je vraagt of ze oké is en de vrouw kijkt je aan, de ogen van een vreemde. Ze mist haar vriend, zegt ze.

VERTEL OVER DE AAN ALCOHOL en drugs verslaafde apotheekster die volgens jou een transseksueel is die zich nog moet laten opereren. Ze is klein en dun met een aantrekkelijk, zwaar opgemaakt gezicht en gedrogeerde slaapkamerogen. Haar korte zwarte haar knispert van de haarlak en haar blote schouders zitten onder de kleine bultjes, volgens jou van het scheren of harsen. Elke avond heeft ze een andere man bij zich, altijd een man met een donkere huid en veel haar op zijn lichaam en een beetje onzeker en angstig. Het zijn eenzame mannen en als ze merken dat hun date gevoelens voor je koestert kunnen ze je ineens niet uitstaan en vragen ze haar mee te gaan naar een andere kroeg; wanneer ze weigert vertrekken ze in hun eentje en haalt de vrouw haar schouders op en kijkt je suggestief aan. Ze heeft je al heel wat keren gevraagd met haar mee te lopen naar haar auto of naar de dames-wc's, en gevraagd of ze met je mee mag naar de opslagruimte, maar je zegt altijd nee want over bepaalde raadsels van het menselijk leven blijf je liever in het ongewisse en dit is er een van. Maar op een avond is het stil en ben je zo dronken en maal je er zo weinig om of je ademt en leeft of niet dat je haar, wanneer een collega-barman je uitdaagt om voor eens en altijd het geslacht van dit wezen vast te stellen, aan de hand meeleidt naar de heren-wc's bij het achterzaaltje. Haar ogen staan wijd opengesperd van geilheid en je loopt met haar het hokje in en omarmt haar en begint haar te zoenen en je staat op het punt erachter te komen of ze een man is of een vrouw, maar dan komt ze met haar blote been tegen het koude aardewerk van de wc-pot en duwt ze je bruusk van zich af en stormt de wc uit. Je gaat achter haar aan en vraagt wat er is en ze is bijna in tranen en wil weten of je echt dacht dat zij het type was dat zich naast een wc-pot laat betasten? Wat voor soort hoer denk je eigenlijk wel dat ze is? Je antwoordt dat dit nu net was wat je hoopte te ontdekken en ze geeft je een klap in je gezicht en verlaat de bar, zwaaiend met haar tas alsof het een knots is. Er zitten vijf of zes bezoekers in de bar en ze geven je een applausje voor deze vertoning en je zwaait bescheiden terug en op het gezicht van de barman ligt een vraagteken bestorven.

DE AANSTELSTER heeft de vorm van een televisie-toestel (haar hoofd heeft de vorm van een grilloven-tje) maar op een avond lokt ze je met behulp van vis-netkousen en lippenstift en whisky en gedempt licht en haar lieve, oprechte glimlach mee de opslagruimte in. Nu komt ze elke avond langs in de hoop dat de sterren haar nogmaals gunstig gezind zijn, en dit is heel triest omdat ze een uur reizen bij de bar vandaan woont en altijd per openbaar vervoer komt, en omdat jij er ziekelijk uitziet en niet lekker ruikt en nog nooit iets betekenisvols tegen haar hebt gezegd, en het idee dat jij in het bestaan van deze vrouw een bron van inspiratie bent is een ware levenstragedie.

Waarschijnlijk is ze nog verliefd op je ook maar je negeert haar want je zult haar niets dan hartzeer bezorgen en je weet dat je haar wanneer je haar ooit ziet huilen uit medelijden zult willen vermoorden.

Maar als ze trillend en met een geladderde panty de bar binnenkomt en je vertelt dat ze in de bus is gemolesteerd, krijg je mededogen en zeg je dat ze bij jou kan slapen als ze wil en dan de volgende ochtend de bus terug nemen, en dit vrolijkt haar op en al snel is ze dronken en straalt ze. Tot je dienst erop zit blijf je herhalen dat er niets van seks tussen jullie zal plaatsvinden en dat je alleen bekommerd bent om haar veiligheid en gemak, en ze is het helemaal met je eens maar vertelt aan iedereen die toevallig naast haar zit dat ze vannacht met je mee naar huis gaat dus al snel word je geplaagd door je collega's en door de kindacteur en Curtis, en Curtis zegt: 'Nu heb je echt een stuk aan de haak geslagen, jongen.'

Je rijdt naar huis met de Aanstelster naast je. Je hebt de magische LTD weer in gebruik genomen. (Toen je vrouw vertrok met medeneming van de Toyota was je gedwongen je oude auto schoon te maken en op te laten lappen. Je liet hem naar een garage slepen, waar de monteur de magische krachten van het voertuig wilde bevestigen noch ontkennen. Na enig aandringen bekende hij dat hij meer een Chevyman was. Hij kreeg de auto voor minder dan honderd dollar weer aan de praat en gaf je een gratis baseballpet cadeau.) Je bent heel dronken en moet één oog dichtknijpen om de weg te onderscheiden en de Aanstelster leunt tegen je aan en kirt en legt een hand op je schoot en algauw is je voornemen vergeten en uren later word je wakker omdat je moet overgeven en vraag je je verbaasd af wat dat brede, sproetige lichaam daar doet op wat ooit je huwelijksbed was. De Aanstelster steekt een arm omhoog, melkwit en zo dik als jouw bovenbeen, en zegt dat ze sterft van de honger en benieuwd is waar je haar mee naartoe zult nemen om te ontbijten voordat je haar thuisbrengt (je hebt nooit gezegd dat je haar thuis zou brengen). Ze noemt een stralend verlicht restaurant waar vaak kennissen van je komen en vraagt om de telefoon en nodigt diverse vrienden uit om ook naar het restaurant te komen. Ze hebben al van alles over je gehoord, zegt ze, en popelen om je eindelijk te ontmoeten.

MOLLY SLEEPT JE na sluitingstijd mee naar een cocaïnefeestje bij mensen thuis waar je voor de aangeboden cocaïne bedankt en verzocht wordt om weg te gaan. Je gaat niet weg maar trekt je terug in de achtertuin; daar ontdek je een boomhut en met een halflege fles Jameson tussen je tanden klim je de vier sporten van de ladder op. Hierbij raakt de hals van de fles beschadigd en je komt de besloten boomhut binnen terwijl je de glassplinters uit je tong en tandvlees plukt. Er zit bloed aan je vingertoppen, niet veel, en de whisky prikt in de kleine sneetjes in je mond en Molly treft je daar aan terwijl je in kleermakerszit het bloed aan je broek afveegt. Ze trekt je broek uit en ook de hare en het is godsonmogelijk om in zo'n krappe ruimte te volbrengen wat zij hoopt te volbrengen zonder dat ze haar hoofd door de raamopening naar buiten steekt, dus dat is wat ze doet. Jullie hebben kippenvel over je hele lichaam en ze gromt en het vroege ochtendlicht begint te gloren dus als je per ongeluk op haar rug kwijlt zie je dat je spuug vol bloed zit en je stelt je voor dat je tanden onder het bloed zitten, net als bij een bokser, of een straatvechter, of iemand die een zinloos ongeluk heeft overleefd, en je grijnst en wenst als een gek dat je een spiegel of een camera had.

PEG DRUKT JE tegen de jukebox, streelt over je middellijf en fluistert schunnigheden in je oor maar weigert de opslagruimte met je in te gaan. Na een bijzonder vrijgevochten jaar waarin ze met alle mannelijke medewerkers behalve jou naar bed is geweest heeft ze gezworen dat ze haar zedelijkheid in ere wil herstellen en zich dertig dagen zal onthouden van seks en ze heeft nog twintig dagen te gaan, en je vraagt je af of ze het zal volhouden. Degene die haar thuis zou brengen laat haar stikken dus ze moet wel tot na sluitingstijd blijven zodat jij haar een lift kunt geven maar nu weigert ze te drinken en duldt ze je niet in haar buurt en ze heeft een wantrouwige en zelfs angstige blik in haar ogen, maar ze is niet bang voor jou, alleen voor zichzelf. Je vermoedt dat een bepaalde gebeurtenis aanleiding heeft gegeven tot dit celibaat – een overmaat aan drugs op een feestje met vooral mannen, schat je zo – maar de problemen van anderen interesseren je niet meer en je onthoudt nooit welke problemen bij wie horen en dus vraag je niemand ooit ergens naar. Je biedt aan een taxi voor Peg te betalen maar ze zegt dat ze liever met jou meerijdt, en je vraagt of ze het zeker weet, en ze zegt dat ze het zeker weet en ze zet haar tas op de bar en vraagt een dubbele whisky, zonder ijs, en bedroefd bedien je haar.

Je staat met je auto op Rossmore Avenue en de nostalgische neonreclame op het dak van haar flat verlicht het open interieur van de LTD en ze zit met haar gezicht naar je toe en je bent dronken maar niet heel erg en je vervloekt jezelf omdat je geen fles drank hebt meegenomen. Terwijl jullie elkaar in de ogen kijken en zachtjes met elkaar praten begint het je te dagen dat ze hoopt dat je al haar problemen met haar doorloopt en haar toont dat man-vrouwverhoudingen zelfs in een liefdeloze relatie lieflijk kunnen zijn. Ze is op zoek naar vervulling van lust maar verlangt ook naar respect, en daar heeft ze pech want je kent haar niet, noch vind je haar erg aardig, noch heb je respect voor jezelf en dus is een korte time-out van haar leven en een onbevredigend samenkomen van lichamen het enige wat je haar te bieden hebt en, als de schikgodinnen jullie goedgezind zijn, een beetje lol en een goed gevoel. Hoe dan ook zal jullie hart voor het ochtend is ongetwijfeld een buts vertonen en Peg lijkt dit door te krijgen en na een halfuurtje graai-en en potelen (het interieur van de auto wordt klam van de dauw) wurmt ze zich los en zegt hijgend van ergernis: 'Waar ben jij eigenlijk mee bezig?' Je glimlacht want dit is een oerstomme en oersaaie vraag en je zegt tegen haar: 'Ik zit in een Amerikaanse auto en probeer wat te vozen in Amerika,' een stukje poëzie

dat iets in haar wakker maakt, en jullie klauteren beiden naar de achterbank voor een samenkomen dat
nog minder bevredigend is dan je al vreesde. Nu huilt
ze en jij rilt en het is tijd om naar huis te gaan en als
je een horloge had zou je je pols voor je neus houden
en er betekenisvol naar kijken maar zij dept haar gezicht en zegt dat ze wil dat je mee naar boven komt
om een bijzondere fles heel oude en dure wijn met
haar te delen en aangezien je daar met geen mogelijk-
heid nee op kunt zeggen volg je haar door de stoffige
hal en in de lift met rammelend harmonicahek naar
haar rommelige flat om haar meubels en ongelezen
of onjuist gelezen paperbacks aan je kritische blik te
onderwerpen, en je vraagt je af of er iets deprime-
render is dan de habitats van jonge mensen, jonge en
stuurloze vrouwen in het bijzonder.

De wijn is een en al droesem en de kurk verkrui-
melt in de fles en je zit aan een gele formicatafel in
Pegs smoezelige keuken en drinkt azijnige wijn (zij
vist de kurkbrokjes eruit, jij kauwt erop) en hoopt dat
er niet gepraat hoeft te worden, maar nu wil ze praten, en begrijpen en lijden en op die manier mens-
lievend en wijs worden. Ze buigt zich met ernstige
en betekenisvolle blik naar je toe en al voor ze hem
stelt weet je welke vraag ze gaat stellen, en dan stelt ze
hem en het is verschrikkelijk dat ze het vraagt:

'Waarom is je vrouw eigenlijk bij je weggegaan?'

VERTEL OVER DE ZUSJES Valerie en Lynn, die jou
en een stamgast genaamd Toby na sluitingstijd uit-

nodigen naar hun flat. Toby is een stille, slaperige jongeman die warme gin drinkt met een Pabst Blue Ribbon ernaast; hij begeleidt de dames naar de uitgang met de verzekering dat we eraan komen en komt dan handenwrijvend vanwege het naakt dat vermoedelijk in het verschiet ligt terug. Hij dringt aan op haast bij de schoonmaak maar biedt niet aan je te helpen. Hij zwaait met de routebeschrijving naar hun flat en vraagt wie van de twee je het leukst vindt en je zegt dat het je niet uitmaakt en dat hij mag kiezen. Hij weegt de voors en tegens van de twee zusjes af, waarbij hij opmerkt dat de jongste, Lynn, mooier en liever is, een type met wie je bij je moeder kunt aankomen, maar dat met Valerie waarschijnlijk meer onmiddellijke, ordinaire lol te beleven valt. En dat hij weliswaar met Lynn aan zijn arm betere sier kan maken, maar dat Valerie vermoedelijk over meer vaardigheden beschikt voor achter gesloten deuren. Het is allemaal erg opwindend voor Toby, dit uitkiezen van een vrouw, en je vindt het fijn hem zo gelukkig te zien en je wou dat jij ook gelukkig was, en je neemt nog een grote borrel in de wetenschap dat dit geen merkbare invloed zal hebben op je gemoedstoestand en dat je de volgende ochtend alleen maar misselijker zult zijn en vannacht vermoedelijk tot niets seksueels in staat. (Je proeft geen smaak op je tong en het lijkt alsof je happen hete lucht doorslikt.)

De flat van de zusjes is nog smeriger dan je je had voorgesteld (de badkamer is onbeschrijfelijk). Valerie en Lynn zitten in een overgangsfase van de ene trendy levensstijl naar een volgende en er hangt een onbestemde sfeer, waarin rages en interesses uit verleden en heden hun taalgebruik, kleding en inrichting tot een zootje maken. Ze zijn allebei high van de coke en hun geratel is nauwelijks te volgen maar op dit moment lijken ze hun hoop te hebben gevestigd op een baan als rondreizende burlesquedanseressen. Toby is een en al oor en als de meisjes even naar adem happen werpt hij ze een bemoedigend woord toe en complimenten over de inrichting. 'Volgens mij is dit de lekkerste bank waar ik ooit op gezeten heb,' zegt hij tegen ze.

Onder hun spraakwaterval hebben de zusjes zich langzaam uitgekleed, één kledingstuk tegelijk, en nu staan ze voor jullie in niets dan hun lingeriebroekjes en hoge hakken. Toby kan zich maar nauwelijks beheersen en hij port je zo hard met de punt van zijn elleboog dat je het uitschreeuwt van pijn, en de meiden vragen of het goed is als ze hun laatste dansje even voordoen en Toby zegt ja, ja, tuurlijk, potdomme, en jij zegt tuurlijk, en ze dimmen het licht en zetten een muziekje op en voeren een verrassend goed ingestudeerd jaren-vijftigdansje op waarin veel met de borsten wordt gezwiept, wat Toby in hoge staat van opwinding brengt – hij kan niet en lijkt ook niet te willen verhullen dat hij een volle erectie heeft. De meiden staan voorovergebogen en lachen jullie tussen hun benen door toe en Toby loopt als een zombie op ze af om ze een klap op hun kont te geven en een opmerking te maken over de trilling die dit in hun zitvlees teweegbrengt, en het is de jongste en mooiste van de twee, Lynn, die op deze behandeling reageert, en zij leidt Toby door de gang naar haar slaapkamer. Valerie komt hijgend overeind, met haar handen in haar zij, en ze neemt je mee naar haar kamer, doet het licht uit en legt je op haar bed en begint je schunnige seksvragen te stellen die je kennelijk in je eigen schunnige woorden moet beantwoorden maar je krijgt de smaak niet te pakken en je hoofd brandt van de whisky en de sigaretten en als ze je broek uittrekt en haar koude handen op je lichaam legt staat je bloed stil en gebeurt er niks. Ze laat het project voor wat het is en vraagt of je haar een plezier wil doen en dan beschrijft ze welk plezier en je hebt nog geen ja of nee kunnen zeggen of ze slaat een been om je gezicht en je bent gedwongen tot actie over te gaan en haar een kwartier van je leven toe te meten voordat je haar van je afduwt en broekloos naar de badkamer loopt om je gezicht te wassen, en daar slaat je hart een slag over want als je in de spiegel kijkt zit je onder het bloed. Valerie komt binnen en zegt zonder zich te verontschuldigen dat je eruitziet als een bange clown en lacht als ze gaat zitten om te plassen. Aan het eind van de gang hoor je Lynn in opperst genot (Toby verstaat kennelijk de nodige kunstjes) en Valerie kijkt toe hoe je met haar tandenborstel het bloed van je stoppelbaard boent. 'Ik krijg altijd de sukkel,' zegt ze terwijl ze opstaat en doorspoelt, kolkend roze water in de wastafel en de wc.

Op een nacht besluit je, dronken maar bij volle verstand, niet meteen naar huis te gaan maar eens een van je voorgenomen waagstukjes voor na sluitingstijd uit te proberen. Je verwacht niet dat je het zult doorzetten maar je bent toch benieuwd en je rijdt je eigen buurt voorbij en neemt de F10 in westelijke richting, naar de oceaan. Het is nog een heel eind en onder het rijden kettingrook je en drink je whisky uit een leeggemaakte frisdrankfles. Op de radio doet een man een kip na die 'In the Mood' zingt. Jij doet de man die de kip nadoet na en morst whisky over je shirt als je je verslikt en in lachen uitbarst.

Tegenover de pier in Santa Monica houd je stil en je ziet meteen dat het er niet donker en verlaten is zoals je had gehoopt. De attracties zijn nog verlicht en in de verte leunen twee bewakers, een man en een vrouw, pratend over de reling. Ze staan dicht bij elkaar en de man wijst naar de oceaan; de vrouw knikt. Ze staan bijna aan het eind van de pier en je ziet niet wat voor uitdrukking ze op hun gezicht hebben maar je denkt dat ze glimlachen. Het ziet er behoorlijk romantisch uit maar het strookt niet met je plannen en dus gooi je de lege frisdrankfles uit de auto, neemt de California Incline en rijdt door naar Malibu. De klok op het dashboard staat op vier uur.

De lucht is droog en warm en de pier in Malibu is verlaten en schaars verlicht. Je parkeert en loopt het strand op en onder de pier door. Kleine golfjes klotsen tegen de met mossels begroeide palen en de pier laat een langgerekte, tot rust komende kreun horen en je strekt je handen uit om de trilling door het mossige hout te voelen gaan. De palen zijn zo hoog als bomen en ze lijken tegen elkaar te leunen of te vallen. Je bukt om het water aan te raken en het is koud maar niet zo koud als je gedacht had en je trekt je schoenen uit en waadt tot aan je enkels de oceaan in en voelt het harde zand van de bodem onder je voeten. Terwijl je huid went aan de temperatuur van het water weet je ineens zeker dat je je plan wil doorzetten en op hetzelfde moment is het een serieuze ambitie van je geworden en je waadt het water uit, het strand op tot je naast de pier staat, en je springt erop en wipt over de reling. Je kleedt je uit tot op je ondergoed, rent twintig passen en komt dan bij een hoge witte versperring die aan de bovenkant voorover helt en glad is. Met de pierreling als steun klim je er langs de zijkant omheen waardoor je lichaam even boven de oceaan hangt. Je rent nog veertig passen en stuit op nog een versperring, precies zo'n zelfde, en dan zie aan het eind van de pier een hutje op poten. Achter een van de raampjes brandt licht en je besluit dat je ver genoeg bent. Weer klim je op de reling, alleen nu met je gezicht naar de oceaan. Je kijkt omlaag om te peilen hoe hoog je bent maar ziet het water niet en je speurt de hemel af naar de maan, maar er is geen maan. De warme wind strijkt langs je tors en je benen en je gedachten gaan als vanzelf naar de schoonheid van narcotica en alcohol en vrouwen en je rilt al heb je het helemaal niet koud en je hebt het gevoel dat je nu zou kunnen huilen. Je ziet het water niet maar de kust is een heel eind weg en je weet zeker dat het diep genoeg is en dus tel je hardop, één, twee, drie, en je haalt diep adem en springt de nacht in.

Je zit in je auto voor de bar, lurkt aan een vliegtuigflesje en rookt een sigaret. Je bent drie kwartier te laat en er liggen al drie lege vliegtuigflesjes bij je voeten en je staat hier al meer dan een uur maar je bent nog steeds niet klaar om aan het werk te gaan. Als je dienst hebt werp je je niet meer vol op je werk en het kost je steeds meer moeite om het pand binnen te gaan, sterker nog het is zo'n voortdurende kwelling voor je dat je bij het wakker worden al aan de kleurloze gezichten van de bezoekers denkt en aan de koude, natte vaatdoek die aan je broeklus hangt en tegen je been kletst. Verder lijk je voortdurend in gevecht met de een of andere kwaal of één chronische ziekte die nooit helemaal overgaat omdat je je lichaam onvoldoende rust en respijt gunt van je geneugten. Nu probeert je lichaam zich door braken van de vliegtuigflesjeswhisky te ontdoen maar jij weet beter en wordt beter door de frisse nachtlucht in te ademen.

Net als je uit de LTD stapt, word je beslopen door Junior de crackverslaafde en hij tilt je met een omhelzing van de grond en brult in je oor dat hij terug, terug, terug is, teringlijers! Hij zet je weer neer en je hapt naar adem van het lachen. 'Ik dacht echt dat je dood was,' zeg je. 'Die kleine opdonder liep maar te beweren dat hij je had afgemaakt.' 'Hé man, geen enkele teringlijer maakt mij af,' zegt Junior. Hij heeft drie maanden vastgezeten en is pas sinds vanochtend vrij. Je vraagt hoe het gegaan is en hij trekt zijn wenkbrauwen op bij zo'n stomme vraag. Je vraagt waarom hij is opgepakt en hij trekt zijn wenkbrauwen dubbel zo hoog op en zet zijn vuisten in zijn zij. Je geeft hem twintig dollar en luistert naar zijn nieuwste plannen: hij kan aan de slag in de bouw en als uitsmijter en in een managementpositie in een nog niet geopende jazzclub. Waar hij dit laatste idee vandaan haalt mag God weten maar als hij beschrijft hoe hij aan de bar zal staan in een pak en met een gleufhoed en krokodillenleren schoenen en paarse zijden kniekousen zie je het al bijna voor je. Het is nog maar een kwestie van maanden, zegt hij, nog even volhouden dus.

Hij snakt naar zijn oude leventje en te oordelen naar hoe hij eruitziet heeft hij zich al volop tegoed gedaan aan zijn favoriete drug. Hij is van plan de schade in te halen, zegt hij, negentig dagen van zijn leven naar de klote terwijl hij nog geen vlieg kwaad zou doen en elke dag een geschenk is van God. Hij stopt het twintigje weg en bekijkt je met kritische blik. Hij heeft gehoord dat je er niet best aan toe bent en vraagt of hij kan helpen. Hij laat doorschemeren dat je baan in gevaar is maar wil de bron van deze informatie niet onthullen. 'Je zit er veel te diep in,' zegt hij. 'Waarom denk je dat ze het downers noemen? Doe als ik. Zie je wel?' Hij wijst naar zijn ogen. 'Stimulerende middelen stimuleren.' Je bedankt Junior voor zijn bekommernis en inzichten, je belooft snel langs te komen voor een langer bezoek en loopt naar de voordeur van de bar. 'Positief blijven,' roept hij je nog na.

De bar is al bomvol en hotst en botst als een ton op woeste baren. Simon, die tot bedrijfsleider is terugbevorderd, vangt je blik en laat je vanachter de bar goed merken dat hij psychische pijlen op je afvuurt. (Eerst had hij geweigerd zijn voormalige taken weer op zich te nemen maar er werd hem een extraatje aangeboden, een reisje naar een of ander ontspanningsoord in de woestijn, en hij is extreem bruinverbrand/vol kapsones teruggekeerd op de werkvloer. Je bent blij dat hij het weer voor het zeggen heeft; je had zwaar met hem te doen toen hij demotie kreeg, zo zwaar zelfs dat ze hem wat jou betreft evengoed hadden kunnen 'doodmaken'.) Hij smijt een vaatdoek in je gezicht en knikt naar de wc's. 'Schoonmaken die boel,' zegt hij. Hij is kwaad maar je doet geen poging tot excuses of berouwvolle groet; je loopt langs de rij de heren binnen, waar je een enorme drol op de wc-bril aantreft. Ondanks dat dit de belichaming van je werkangst is neem je zonder zelfs maar een zucht een handvol papieren handdoekjes en pak je de drol met ingehouden adem op met de bedoeling hem voorzichtig in de verstopte, bijna overlopende wc-pot te laten glijden, alleen is hij te zwaar om ook maar een gedachte aan vuil te maken en je laat hem in het vieze water vallen. Dit gaat gepaard met een plons en je dijen zitten onder en je ademt de stank in en moet meteen kotsen als een brandslang en de wc-bril en de stortbak zitten onder en de kots verspreidt zich over de vloer. Simon staat achter je. 'Die kots moet je ook opruimen, vriend,' zegt hij. 'Er zit niks anders op.' De kindacteur staat in de deuropening te lachen en roept naar Curtis dat hij ook moet komen kijken. Nu staan ze allebei te schuddebuiken en Simon heeft medelijden met je en duwt ze terug de gang in en dan vraagt hij je op ernstige toon of je een beetje haast kunt maken want er staat een enorme voorraad vuile glazen te wachten en het is zaterdagavond tenslotte.

Je dweilt de kots op en loopt naar de bar om de stapels glazen af te wassen in de hoop je actieve geest met geestdodend werk te verdoven maar het lukt je niet. Je schuifelt zijwaarts naar het whiskyassortiment maar daar staat Simon met zijn schuddende hoofd. 'Vanavond niet,' zegt hij. Een halfuur later loopt hij even weg voor een rookpauze en haast je je om drie grote bierglazen met drank te vullen, twee met Jameson en één met huisgin, en je brengt ze naar het eind van de bar waar de kindacteur en Curtis elleboog aan elleboog zitten. Ze lachen je nog steeds uit maar je knikt ze goedmoedig toe en zet ze ieder een glas voor, heft je eigen glas en roept dat het een wedstrijdje is en dat de verliezer betaalt. Ze staan stijf van de slechte straatcoke en nemen grote, hongerige slokken en binnen drie minuten hebben ze hun glazen achterovergeslagen, nek aan nek. Jijzelf hebt stiekem twee derde van je whisky in de vuilnisbak gegoten en je wijst naar het bodempje en zegt dat het rondje voor jou is, en de kindacteur en Curtis joelen en jij drinkt wat er nog in je glas zit en gaat weer aan het werk.

Terwijl je de lege glazen verzamelt en de spoelbakken laat leeglopen en de limoenen en olijven en
ijsklontjes en servetjes en rietjes en flessen drank en
sapjes aanvult houd je Curtis en de kindacteur goed
in de gaten, want geen hoeveelheid cocaïne weegt op
tegen de kracht van vijfhonderd cc met een alcohol-
percentage van boven de veertig die in zo korte tijd
wordt ingenomen, en je wil voor geen goud missen
hoe de drank hen te grazen neemt. Eerst is er niets te
merken behalve hun plotse, geschokte zwijgen. Dan
verdwijnt de lach van hun gezicht en lijkt hun hoofd
drie keer zo zwaar geworden en wordt hun blik on-
scherp en de kindacteur strekt zijn hand uit naar een
glas water dat er niet is. Tien minuten later valt Curtis van zijn kruk en staat niet meer op. De kindacteur
wordt bang en gebruikt zijn laatste energiestoot om
zich door de volte een weg te banen naar de wc's. Terwijl hij de hoek omgaat zie je kots uit zijn neusgaten
spuiten en Simon reikt je de mop aan en zegt: 'Bof
jij even.' Hij grinnikt erom en dat zou jij ook moeten doen maar je kunt niet meer lachen of grinniken.
Raymond kijkt op van zijn tekeningen en houdt je tegen als je langsloopt. Hij is dronken en hij brengt zijn
liniaaltje naar je voorhoofd, trekt met het uiteinde
een streep vanaf je haarlijn naar je neusbrug en zegt:
'Je bent vergeven.' Je grist het liniaaltje uit zijn hand
en slingert het over zijn hoofd heen weg en het wiekt
door de ruimte en raakt een nietsvermoedende dikke vrouw tegen haar kin. Haar mannelijke metgezel
staat op en balt zijn vuisten maar hij weet niet waar

het liniaaltje vandaan is gekomen. De vrouw slaat haar handen voor haar gezicht en begint te huilen.

Op weg naar de wc's vraagt een man of je hier werkt en je wijst naar de mop en trekt je wenkbrauwen op bij zo'n stomme vraag en hij overhandigt je een mobieltje dat hij heeft gevonden. Dit brengt je op een idee en je dweilt de kots niet op maar sluit jezelf op in de opslagruimte en belt 911 met een bommelding. Tot in detail vertel je dat je een gesprek hebt opgevangen tussen twee donkere types met baarden en nog voor je hebt kunnen ophangen hoor je de bezoekers gillen en de glazen breken terwijl de brandweer binnenstormt om de bar te ontruimen. Je reikt omhoog naar een fles Jameson, verbreekt het zegel en neemt een lange teug van je whisky en een diepe haal van je sigaret. Als de evacuatie voltooid is laat je jezelf uit de opslagruimte; de bar is leeg en je loopt drinkend en rokend van de ene kant naar de andere, zachtjes huilend – of het van opluchting is of van verdriet zou je niet weten. Je zoekt naar het lichaam van Curtis maar dat ligt er niet meer. Aan de bar waar Raymond zat vind je een half verfrommelde tekening van een jonge jongen, zonder shirt en in een afgeknipte broek, met een penis als een lasso. Hij zwaait ermee boven zijn hoofd en ziet eruit alsof hij blij is dat hij leeft. Je propt de tekening in je zak en loopt naar de heren-wc's, waar je de kindacteur in een balletje onder de wastafel aantreft. Er loopt kwijl uit zijn mondhoek en zijn ogen zijn spleetjes maar zijn pupillen zie je niet, alleen het rood geworden oogwit, en je hoort niet of hij nog ademhaalt en je komt overeind en schopt hem hard in zijn maag en hij kotst een kopvol gin en gal. Je veegt de tranen van je gezicht, deponeert je fles whisky en sigaret op de wastafelrand, loopt naar achteren tot je met je rug tegen de muur botst en rent dan naar voren om hem midden in zijn kreunende gezicht te trappen.

Drie

VERTEL HOE JE EEN AUTO HUURT inclusief je conversatie met de pokdalige man achter de balie over voertuigen die hij je kan aanbieden en voertuigen die hij je niet kan aanbieden maar desondanks wenst te bespreken: buitenlandse en luxe wagens die hij hoopt ooit nog eens te besturen, met claxons die hij graag zou laten loeien en stereo-installaties die de wind door zijn haren blazen. Vertel over zijn schunnige toespelingen als je zegt dat de kleur of het merk je niet uitmaken maar alleen de grootte ertoe doet aangezien je er languit in wil kunnen liggen. Je reageert niet waarneembaar op zijn ontboezemingen, versuft als je bent door de dikke witte pillen, waarvan er nog een heleboel meer in een potje aspirines in je koffer huizen (ter camouflage heb je een stuk of tien aspirientjes bovenop gelegd), en de balieman, die inziet dat een gezellig mannen-onder-elkaarpraatje er niet in zit, buigt het hoofd en laat zijn vingers als kippenklauwen over het toetsenbord trippelen.

Je kiest voor een pick-up met huif of camper-shell en als de man vraagt waar de reis naartoe gaat en je antwoordt dat je op weg bent naar de Grand Canyon doet hij nog één laatste poging tot bonhomie en vraagt naar de reden van de reis (hij typt en praat tegelijkertijd, wat je knap vindt), en omdat je geen echte reden voor de reis hebt behalve een ongrijpbare, hypnotiserende aandrang dis je hem een leugen op, en die luidt als volgt: toen je twaalf was ben je met je vader en moeder in de Grand Canyon geweest en beleefde je drie gelukkige dagen en nachten in het gebied, je kampeerde onder de sterren, roosterde worstjes boven de barbecuekuil en keek vloekend toe hoe ze van hun spiesen in het vuur vielen, en ving hagedissen en slangen om ze vervolgens dood te maken – kortom alle luimen en streken van een willekeurige kwajongensjeugd. Althans, dit is wat je over de gebeurtenissen van al die jaren geleden is verteld want onbegrijpelijkerwijs kun je je niets van die hele vakantie herinneren, noch de naar het heet adembenemende omvang van de canyon, noch de muildieren die naar verluidt hun met camera's beladen berijders over een twaalf kilometer lang verraderlijk pad omlaag vervoeren de overschaduwde diepte van de canyon in, en je deelt je frustraties met de balieman door hem te vertellen hoe jammer je het vindt dat een van de wereldwonderen zo volledig uit je herinnering is geglipt en je zegt dat je simpelweg tot de conclusie bent gekomen dat de Grand Canyon een tweede kans verdient om een echte, onuitwisbare indruk te maken.

De balieman is opgehouden met tikken en speurt

in je ogen naar tekenen van psychose. Hij vraagt je even plaats te nemen terwijl zijn mensen de auto voorrijden en je neemt geen plaats maar posteert je even verderop naast een brochurestandaard zodat je kunt meeluisteren naar het telefonisch overleg dat hij met zijn regiomanager voert en je hoort hem je verhaal over de Vergeten Grand Canyon navertellen, met nadruk op de verminking van schuldeloze reptielen, en hij beschrijft je scheve bril en de zweetplekken onder je oksels en je hoort hem jou een weirdo noemen en vervolgens een echte weirdo en om permissie vragen je een huurovereenkomst te weigeren op grond van opzet tot verdachte gebruikmaking van een voertuig maar de manager is ofwel een invoelende persoon of zelf een slangenhater want hij is niet onder de indruk van het verhaal en de auto wordt terstond voorgereden en de balieman baalt zo van zijn onsuccesvolle poging je plannen te dwarsbomen dat hij je geen *bon voyage* wenst maar zijn pokdalige hoofd afwendt en hatelijk naar de muur staart.

JE EERSTE STOP na het verhuurbedrijf is de natuurvoedingwinkel, waar je proviand zult inslaan voor de lange tocht door de woestijn. Je bent nooit eerder in een natuurvoedingwinkel geweest en je verheugt je op de ervaring, meer uit narcotische euforie dan vanwege een interesse in kruiden of wortelgewassen of andere heilzame bestanddelen. De huurauto is spiksplinternieuw en je speelt met alle hendels en knoppen en je voeten voelen alsof ze met sabelbont zijn omwikkeld, hetgeen je rijstijl niet ten goede komt, maar de sensatie van beweging is zo plezierig als de in donsdekens gedompelde dromen van de diepste slaap en je bekommert je niet om je eigen veiligheid of de veiligheid van je geadopteerde voertuig, dat naar je je nu herinnert toch van radiatorschildje tot trekhaak verzekerd is, en je kijkt hoe je voeten op de smetteloze rubberen pedalen op en neer gaan en deze handeling bezorgt je een diep welbehagen.

Je uitstapjes naar de natuurvoedingwinkel en de Grand Canyon zijn ingegeven door het bezoek aan een leverspecialist luisterend naar de naam Eloïse, die praktijk houdt in een winkelcentrum in het in de dorre heuvels gelegen buurtschap Agoura, diep in San Fernando Valley. Ze was je aanbevolen door de kindacteur, die haar Dokter Tovervingers noemde en beweerde dat ze zelfs de verzieke organen van de meest afgeleefde zuiplappen kon repareren, maar je was zenuwachtig over het consult want in de buurt van dokters gaan mensen vaak dood en je had er in geen jaren een bezocht en de steken in je zij waren zo verhevigd dat je soms dubbelsloeg van de gillende pijn.

Eloïse was vijfenveertig jaar oud en had kunstig versierde stokjes kruiselings door haar knot zwart met grijs haar gestoken. Ze ging je voor naar de onderzoekskamer en verzocht je je kleren uit te trekken in verband met een darmspoeling, waarop je verstijfde en zei: maar ik wil geen darmspoeling, waarop ze zich langzaam omdraaide en je met strenge blik meedeelde dat ze alleen al aan de kleur van je oogwit kon zien dat je alcoholvergiftiging en hepatitis had en dat er een onmiddellijke en totale verandering in je leven moest plaatsgrijpen omdat je lever anders pikzwart zou worden en je zou doodgaan, en dat je per direct in behandeling moest ook al had ze nu eigenlijk helemaal geen tijd voor een darmspoeling maar ze zou tijd maken, zei ze met een poging tot doktershumor, door onderwijl haar lunch te gebruiken.

Je schrok van haar preek – het was wat je gevreesd had, van a tot z – en wel in zo hevige mate dat je jezelf verraste door in te stemmen met een darmspoeling, die was zoals je verwachtte, vernederend en weerzinwekkend, en toen ze zei dat je dit nog vele malen zou moeten ondergaan voordat je lichaam compleet gereinigd was, vroeg je je af of de dood niet een waardiger weg was om te bewandelen. Ook ontdekte je tot je schrik dat ze het meende toen ze dat zei over haar lunch: onder voortdurend gebaren met haar plastic vork naar de ingebrachte holle buis, die danste van de stront, werkte ze een grote kom rijst met gestoomde aubergine en courgette naar binnen.

Al deze dingen gaan door je hoofd terwijl je van je auto naar de ingang van de natuurvoedingwinkel loopt. Eloïse was niet blij toen je de afspraak voor vandaag afzegde (je belde vanuit de telefooncel bij het autoverhuurbedrijf) maar toen je haar een leugen opdiste over een noodgeval in de familie zei ze dat ze begrip had en ze vond je een brave jongen toen je beloofde dat je er niet over zou peinzen tijdens je afwezigheid alcohol of drugs te gebruiken. Terwijl je een boodschappenkarretje losrukt uit de kraal besluit je dat je niet meer naar haar teruggaat en je best zult doen de darmspoeling te vergeten en niemand over de darmspoeling zult vertellen, en je bent blij dat je er helemaal voor naar Agoura bent gegaan, waar je nooit in je levensdagen zult terugkomen en dus ook nooit toevallig iemand tegen het lijf kunt lopen die je in de wachtkamer heeft gezien, en je denkt aan de verhalen over mensen die pas doodgingen toen ze gestopt waren met drinken en over de dokters die vervolgens hun handen ten hemel hieven en uitriepen: 'Wat jammer dat de man niet eerder bij me is gekomen.' Je concludeert dat Eloïse er ook zo een is en voelt een zware last van je afglijden op het moment dat je besluit jullie relatie te verbreken.

Dat je een deel van je high hebt verspild aan gedachten over dokters en van achteren naar binnen gedraaide buizen is waanzin, dus je bant ze uit je geest, ontspant je handen op de duwstang van het karretje en rekt je nek om te voelen hoe high je nog bent en constateert dat je er nog in zit, en je gaat de natuurvoedingwinkel binnen en stelt met voldoening vast dat het er precies zo ruikt als je gehoopt had, namelijk als een reusachtige volkorenpil. Zachte muziek kweelt vanuit het plafond de winkel in en je dwaalt drie kwartier langs de schappen terwijl je dingen in je karretje legt en er weer uit haalt. Je spreekt het winkelpersoneel aan en vertelt dat je hepatitis C hebt opgelopen van een bloedtransfusie (leugen) en daarom advies nodig hebt, en om je heen dringend met hun medeleven verwijzen ze naar tijdschriftartikelen en websites en ze drukken je allerlei potjes pillen en flessen drabbig uitziende sapjes in handen en ook nog een pond muesli en een grote doos bosbessen, naar ze beweren een sterke antioxidant. De filiaalchef biedt je een aantal boekjes te leen aan en ze haalt deze inspirerende teksten tevoorschijn uit een suède tas met kwastjes en spreidt ze als een waaier op de toonbank zodat je ze kunt inzien maar je bedankt beleefd en wenst haar een goedemorgen en zij groet je terug, evenals haar medewerkers, pukkelige would-be hippies die sjorrend aan hun hesjes naar je zwaaien.

Als je weer in je auto zit trek je de potjes open om een paar goed-voor-je-gezondheidpillen te slikken en vervolgens nog een paar van die speciale witte en je trekt een blikje bier open – je bent nog even bij een benzinepomp gestopt om één blikje Budweiser te kopen – en dit plant je tussen je benen voordat je serieus aan je tocht begint. Er is druk verkeer de stad in maar niet de stad uit en terwijl je naar de verslagen gezichten kijkt die in hun auto's en levens vastzitten voel je de volgende high opwellen en weet je zeker dat het een wijs besluit was om deze vakantie te plannen en je drinkt je bier in één lange teug, door je neus ademend zoals je als kind geleerd hebt en met je ogen op de weg in een pijnlijke neerwaartse hoek waarvan je moet lachen (omdat je moet denken aan de krekelpootvormige spieren aan de achterkant van je oogbollen), en je gooit het lege bierblikje uit het raam, of liever gezegd je laat het los en het wordt het raam uit gezogen (ook grappig), en je neemt een afrit om bij een benzinepomp te stoppen voor nog een blikje bier en een telefoonkaart.

Eerlijk gezegd had je je voorgenomen op deze reis niet te drinken, sterker nog, dit was precies het ietwat dramatisch aangezette maar wel degelijk hogere doel erachter: te reizen en de wereld te zien zonder alcohol en te overdenken wat er was kapotgegaan in je leven en met een helder hoofd na te denken over het herstellen van deze kapotte zaken. Dit was je plan en het was een prima plan, alleen had iemand je de avond tevoren op het werk voor zo'n lage prijs dat potje witte pillen aangeboden dat je fysiek niet in staat was het aanbod af te slaan. Je nam de pillen mee naar huis met het idee ze onaangeroerd in het kastje te laten staan als welkomstpresentje voor wanneer je weer thuis zou komen, maar toen bedacht je dat je er wel een paar kon meenemen voor noodgevallen – ze zouden zeker een probaat middel zijn tegen je whiskyzucht – en je was blij dat je zo realistisch ingesteld was en je slikte vier pillen om dit te vieren en ook om te testen hoe sterk ze waren en was nogmaals blij omdat de pillen sterker waren dan je gehoopt had, en toen je bij benzinepomp nummer één binnenreed wilde je alleen maar een telefoonkaart kopen maar je was ook high en dus nogal verdwaasd en daar stond je dan tussen de schappen rond te kijken en te doen alsof je niet naar de koelvitrines keek en uiteindelijk zwichtte je en kocht je één blikje bier, en later, toen je je realiseerde dat je de telefoonkaart vergeten was, stopte je bij nog een benzinepomp en toen vergat je weer een telefoonkaart te kopen (aan het bier dacht je wel) maar je troostte je met de gedachte aan de volgende benzinepomp, en je vroeg je af waar die zou zijn, en of de caissière aardig zou zijn of niet, en er trok een ongewoon vaderlandslievende rilling door je heen toen je dacht aan de ontelbare benzinepompen en winkeltjes en wegrestaurants in het land, al die succesvolle of minder succesvolle neringen waarvan de eigenaars hun leven in de waagschaal stelden omwille van klanten als jij, reizigers die één enkel blikje bier en vergetelijke telefoonkaarten nodig hadden, en je verheugde je al op de volgende benzinepomp, benzinepomp nummer drie, en je dronk je bierblikje leeg zodat je er sneller zou zijn.

IN COVINA wordt het drukker op de weg en je slaat af om op zoek te gaan naar benzinepomp nummer zeven. Je komt langs een oude bowlingbaan en besluit in de bar ervan te wachten tot de spits voorbij is maar zonder een druppel whisky te drinken, en je zweert hardop bij jezelf: 'Ik zal geen druppel whisky drinken in de bar van de oude bowlingbaan in Covina.' Je drinkt geen whisky maar hebt er vreselijk zin in en daarom schud je nog twee witte pillen uit het potje en legt ze op je krullende tong (je huivert van hun smaak en vult je wangen met bier). De tijd verstrijkt, een uur, en als je de pillen niet voelt werken besef je dat te veel pillen je bloedbaan blokkeren en dat het zonde is er meer te slikken, en dus ban je ze voor even uit je gedachten en concentreer je je in plaats daarvan op je omgeving.

Je gaat nooit bowlen en je wil niet bowlen ook maar je merkt dat je het geluid van bowlen heilzaam vindt, net als het geluid van de honkbalwedstrijd op de televisie, waar je niet naar kijkt. Je hebt een stuk of zeven, acht oldtimers op het parkeerterrein zien staan en het is niet moeilijk hierbinnen de eigenaars eruit te pikken: mannen en vrouwen van in de zestig die aan het bowlen en drinken en praten zijn; de mannen dragen dezelfde shirts en zijn lid van een of andere rallyclub of gezelligheidsvereniging. Sommigen van de vrouwen, oud genoeg dus om grootmoeder te zijn, hebben zich als bakvissen uitgedost, compleet met uitstaande petticoats en paardenstaarten. Eén staat zich uit te sloven alsof ze een kwieke tiener is en springt uit bewondering voor de bowlingcapaciteiten van haar echtgenoot handenklappend op en neer. Ze is dronken en volgt haar man naar de bar waar ze met een babystemmetje om een Long Island iced tea vraagt; als hij weigert protesteert ze en hoor je hem zeggen: 'Verdomme, Betty, als je niet gaat zitten en je kop houdt laat ik je bij de volgende rally thuis bij de katten.' De barman geeft je een knipoog en lachend achter je hand wend je je blik af.

Je rechterbroekzak zit vol bosbessen, waarvan je er bij elke slok bier een oppeuzelt en een dronken vrouw aan de bar vraagt je gekscherend of je rupsen en pissebedden aan het eten bent. 'Ik heb het tegen jou, Tarzan.' Ze wendt zich tot de barman. 'De Koning van de Woeste Bowlers,' zegt ze. Je negeert haar en de vrouw betaalt haar rekening en druipt af naar de eetbar, en de barman verontschuldigt haar en legt uit dat haar echtgenoot onlangs is overleden aan 'ballenkanker' en dat ze de laatste tijd een beetje aan het afreageren is. Hij geeft je een biertje van het huis, en dan nog een en nog een – hijzelf drinkt tequila's maar verbergt dit voor je weet niet wie; door zo duidelijk te laten blijken dat hij de regels overtreedt wil hij kennelijk een band met je smeden. Afgezien van de bowlers die af en toe een drankje komen bestellen ben je de enige barklant en dus stelt hij je vriendelijke barmanvragen over je leven en vertelt je vervolgens over het zijne en dan vertel jij hem een flauwe grap en lacht hij te hard en legt een hand op de jouwe alsof hij zijn evenwicht moet hervinden en vervolgens streelt hij je over je hand en geeft je weer een knipoog, en die knipoog is het verkeerde soort knipoog en je voelt je ongemakkelijk en vraagt of hij even op je biertje wil letten terwijl je buiten een sigaret rookt en hij legt een servetje op je bierblikje en je loopt de bowlingbaan uit precies op het moment dat de gezelligheidsvereniging in ruzie uitbarst om een of andere cruciale bowlingfout. (Een baan bij haar vrienden vandaan zit Betty met haar armen over elkaar haar frustratie te verbijten over een leven dat te snel voorbij is gevlogen en te weinig opwinding heeft gekend.) Je probeert in je auto te slapen maar dat lukt niet want het is te warm en je ligt niet lekker en dus ben je, na even bij een benzinepomp te zijn gestopt voor een blikje bier, en opnieuw de telefoonkaart te zijn vergeten, weer snel terug op de F10 en rijd je naar het oosten, naar de woestijn.

VERTEL OVER LAS VEGAS. Het is elf uur 's avonds als je aankomt. Dat je hier überhaupt bent bewijst dat er geen heil rust op je als heilzaam bedoelde reis, en voor iemand met whiskyzucht is elf uur een wel heel gevaarlijk tijdstip. Maar net als eerder beloof je jezelf geen druppel tot je te nemen en zweer je dat je alleen bier zult drinken en je reis alleen onderbreekt om even de lichtjes te bewonderen en de pianobar in het Bellagio in te duiken voor hun met blauwschimmelkaas gevulde olijven, een zeldzame lekkernij en een van je favoriete snacks.

Stuntelig beklim je je barkruk en de bartender – lang en gelooid, en voor zijn dunnende haar heeft hij een belachelijk, wit gebleekt stekeltjeskapsel aangeschaft – heeft op slag een hekel aan je. Hij ziet eruit als iemand die in het verleden aan cocaïne verslaafd is geweest en nu de eeuwige woestijnvrijgezel is. Omdat je zijn misprijzen aanvoelt en maar al te goed weet hoe gevoelig de relaties tussen bartender en klant liggen, vraag je niet meteen om olijven maar bestel je een biertje en geef je een exorbitante fooi, en hij neemt je geld aan maar zonder te bedanken of zich tot casinogekeuvel te laten verleiden. Je bestelt nog een biertje en verspilt nog meer fooi aan de man maar merkt dat hij halsstarrig vasthoudt aan zijn opvattingen en dus waag je het erop en vraag je hem rechtuit om een schoteltje olijven bij je bier en hij is blij om je te kunnen teleurstellen met de mededeling dat de olijven een specialiteit van het huis zijn en geen gewone barpinda's die zomaar rondgestrooid worden maar alleen worden aangeboden bij de duurste martini's. Je zegt dat het niet je bedoeling was je bagatelliserend over de olijven uit te laten en dat je uiteraard bereid bent de kosten van deze uitgelezen martini te betalen behalve dat je geen trek hebt in een martini maar zin hebt in de olijven bij je bier en de bartender onderbreekt je en zegt dat het een huisregel is dat de olijven niet als hapje worden verkocht of uitgedeeld en je onderbreekt de bartender en bestelt luid en duidelijk een dure martini met extra olijven en zonder martini en nu wordt de bartender echt sikkeneurig en hij brengt je één olijf en vraagt je 'het stinkende ding in je strot te steken en zo snel mogelijk op te rotten' en dan loopt hij naar het andere eind van de bar om een stamgast te amuseren met zijn laatste verhaal, en wel het volgende: de zuiplap die echt maar dan ook echt trek had in olijven.

Je bent nooit kwaad maar nu ben je kwaad en je weet niet wat je ermee aan moet. Je hebt zin om de man te lijf te gaan maar de rillingen lopen je over de rug als je denkt aan je medegevangenen in een politiecel in Las Vegas en dus slik je nog maar eens vier witte pillen en verzin je een plan om wraak te nemen.

Je eet de olijf niet op. Je plet hem in een dubbelgevouwen twintigdollarbiljet dat de bartender zal moeten schoonmaken voor hij het in zijn zak kan steken en je haalt een pen uit je tas en schrijft deze woorden op een servetje:

> Je bent veertig en bartender in een bar in de woestijn. Je hebt een hekel aan je klanten en aan je werk maar je zit vast aan dit leven want je kunt niks anders en je hebt geen school- of vakopleiding gehad. Je hebt je leven verspild aan drank en drugs en aan slapen naast vrouwen met stro in hun kop. Je bent alleen en deugt nergens voor behalve voor dit werk, dit werk waar je een hekel aan hebt, dit werk om mensen dronken te voeren. Wat doe je over vijf jaar? Over tien? Er is niemand die voor je zal zorgen en als je morgen sterft zijn je bazen de enigen die het wat kan schelen, en niet omdat ze je dood betreuren maar omdat ze balen dat ze nu weer gesprekken met sollicitanten moeten voeren.
> Je haar ziet er ongelooflijk dom uit.

Je legt het dubbelgevouwen twintigje boven op dit briefje en stelt je een eindje verder verdekt op achter een rij fruitmachines om te zien hoe de plot zich ontwikkelt. De bartender pakt het biljet op, treft de olijf aan als hij het openvouwt en kijkt speurend rond of hij je ziet. Hij ziet je nergens en je bent trots op de resultaten van je wraakactie tot nu toe en verkneukelt je al over zijn reactie op het servetje, maar de bartender verfrommelt het, zonder ook maar een blik op de geschreven boodschap, en gooit het in de afvalbak. Het vieze twintigje laat hij in de fooienpot vallen en hij gaat weer aan het werk.

Je hart is gebroken; je zit daar en voelt het breken. Je kin trilt en een vrouw in kousen en een vlinderdasje tikt je op de schouder, wijst naar haar blad en vraagt wat je wil drinken; een dubbele Ierse whisky zonder ijs, zeg je, en ze loopt weg om dit voor je te halen en als tot je doordringt wat je gedaan hebt verdwijn je bij de fruitmachines voordat ze terugkomt, en je loopt naar de uitgang en vraagt de portier hoe ver het is naar de Grand Canyon en hij zegt het je en je drukt hem veel te veel geld in handen en maakt dat je wegkomt uit de flikkerende, nachtmerrieachtige stad. (Je probeert niet te kijken maar de casino's lijken haast te ademen, hun stralende buiken bewegen in en uit terwijl je langsrijdt.)

JE RIJDT NIET naar de Grand Canyon maar naar het noorden, Utah in. Hier is geen reden voor. Whisky of geen whisky, je bent dronken en kwaad op jezelf en je vraagt je af waarom je niet in staat bent jezelf te helpen en je bent de wanhoop nabij en er is geen pil die daar verandering in kan brengen en dus slik je geen pillen meer en stop je niet voor losse blikjes Budweiser en tegen de tijd dat je de auto aan de kant zet om te gaan slapen voel je je ziek en doet alles pijn.

Je probeert vier aspirientjes uit het potje te vissen maar ze zijn langs de witte pillen naar de bodem gegleden en dus leeg je het potje in je schoot en pik je de aspirientjes er op die manier tussenuit. Je bevindt je zo'n vijfenzeventig kilometer bij St. George vandaan op een vrachtwagenparkeerterrein, een vlakte ter grootte van twee voetbalvelden, en jouw auto is de enige personenauto tussen de vrachtwagens met oplegger. Je duwt een aspirientje in je strot en klimt dan de benauwde slaapcabine in om je in je deken te rollen en te gaan slapen.

Je slaapt niet, of in elk geval slaap je niet goed. Tegenover het parkeerterrein is een indianencasino waar vanaf het dak voortdurend vuurwerk wordt afgestoken, dit vooruitlopend op het aanstaande weekend van de vierde juli. Ook is het de hele nacht een komen en gaan van eeuwig ronkende, ratelende en toeterende vrachtwagens. Ze hebben claxons zo luid als scheepshoorns en je schrikt er wakker van en wrijft je ogen rauw en tegen zonsopgang heb je die pijn van het drinken overleefd maar voel je je een halve zwerfhond, je huid voelt aan als van een kaal en ellendig dier. Buiten is het droog en heet maar je drinkt geen alcohol. Je gaat het supermarktje van het parkeerterrein binnen en koopt twee flessen water en drinkt ze leeg bij twee handjes bosbessen. Voor je weer op weg gaat leg je je portemonnee en pillen achterin zodat je moet stoppen als je van je oorspronkelijke reisplan wil afwijken. Onder het rijden luister je niet naar de radio en je hebt niet zozeer gedachten in je hoofd als wel een geluid, of een gewicht, een toenemende duisternis. Het dwingt je je hoofd scheef te houden.

Het is zeven uur in de ochtend en je bent bijna in St. George en dan beginnen de bloedneuzen. Sinds de pubertijd heb je geen bloedneuzen meer gehad en je bent zo moe dat je het eerst niet eens doorhebt maar op een gegeven moment raak je je lippen aan en zijn je vingertoppen opeens rood en als je omlaag kijkt merk je dat er een streep bloed over je shirt omlaag loopt recht het kruis van je broek in. Je stopt bij een wegrestaurant om je in de toiletten op te knappen en je trekt een ander shirt aan en wast je broek in de wastafel want je hebt geen andere broek bij je. Je wil het restaurant niet binnenlopen met een natte plek in je kruis dus dompel je je broek helemaal onder en wringt hem vervolgens uit zodat hij nu egaal van kleur is en minder opvalt, ten minste zolang niemand je aanraakt. En je zorgt wel dat niemand je aanraakt.

Je bestelt een truckersontbijt waar je precies één hap van eet. De serveerster plaagt je om je gebrek aan eetlust en als je neus weer begint te bloeden pakt ze je kin met haar vaatdoekje beet voordat er bloed op je kleren of bord kan vallen. Ze is blij met wat afleiding van de dagelijkse sleur en jij drukt het vaatdoekje tegen je gezicht en sluit vriendschap, je praat met haar en vraagt haar naar een route naar de Grand Canyon door het Zion National Park en zij schrijft richtingaanwijzingen voor je op met de waarschuwing een bepaalde weg te vermijden omdat die door Colorado

City gaat en je vraagt wat er mis is met Colorado City en ze zegt dat daar al die 'meerwijvers' wonen en je vraagt wat meerwijvers zijn en zij zegt: de polygamisten.

'Heb je nog nooit van de polygamisten gehoord?' Ze doopt het doekje in je waterglas en dept het geronnen bloed van je gezicht. 'De grootste engerds die ik ken. De mormonen, of Heiligen der Laatste Dagen zoals ze zichzelf tegenwoordig noemen, gaan met hun tijd mee maar er zijn nog een paar bolwerken waar hun prehistorische normen en waarden standhouden. Ze werden zo ongeveer overal weggekeken en toen ze daar genoeg van kregen, pakten ze letterlijk hun huizen op en lieten die een paar staten verder vervoeren, naar Arizona. Een stad op wielen vormen ze nu en ze hebben een pesthekel aan buitenstaanders. Ik ben er ooit doorheen gereden, maar mij zie je daar niet meer. Ze zouden me rustig laten stikken als ik hulp nodig had, volgens mij. Voor die vrouwen vind ik het nog het superergst. Moet je je voorstellen wat voor leven die hebben!'

Na het afrekenen koop je in de naastgelegen benzinepomp een kaart om op te zoeken wat de snelste weg naar Colorado City is en je bent blij met dit nieuwe avontuur: de ontdekking van en een bezoekje aan de gemene verbannen polygamisten van Noord-Arizona. Het droge, warme seizoen is aangebroken en je krijgt steeds vaker een bloedneus maar gebruikt het eerder besmeurde shirt als slab; het bloed drupt van je kin en je bekijkt je bloederige spiegelbeeld in

de achteruitkijkspiegel en veegt jezelf schoon en peu-
zelt nog wat bosbessen. Dan sla je jezelf voor je kop
en geeft een klap op het stuur: je had bij de laatste
benzinepomp een telefoonkaart willen kopen.

VERTEL OVER COLORADO CITY. Het lijkt er uitge-
storven en je vraagt je net af of de polygamisten misschien weer zijn verkast als je vanaf de hoofdweg een
kluitje huizen ziet staan die rusten op bakstenen en
houten blokken. Je neemt de afslag en houdt iets voor
de bebouwde kom stil maar verliest de moed als je
niemand op straat ziet, geen gezichten voor de ramen
of zelfs maar een onvriendelijke rimpeling van een
gordijn, en al had je je voorgenomen zomaar ergens
aan te kloppen en te doen alsof je verdwaald was, nu
durf je niet meer. Je rijdt verder het stadje in en passeert een rij winkels en je parkeert naast een uitdra-
gerij die eruitziet als een kerk. Je loopt de hele straat
af maar alle winkels zijn of gesloten of dichtgetim-
merd en je loopt terug naar je auto. Je neus begint
weer te bloeden en je loopt met je hoofd in je nek en
twee vingers in je neusgaten want je had niet door een
vreemd stadje willen wandelen met een bebloed shirt
in je kraag gestopt. Je neus zit dicht met gestold bloed
en je handen plakken aan het stuur en je hebt geen
water om je mee te wassen en je rijdt vijftien kilometer verder en baalt dat je het Zion National Park links
hebt laten liggen om door een paar stoffige ramen te
kijken en je vraagt je af of je je vriendin de serveerster in St. George moet bellen om haar op de hoogte

te stellen. Met de bedoeling je even op te knappen en een kop koffie te drinken parkeer je voor wat je denkt dat een wegrestaurant is maar een feestzaal blijkt te zijn want als je naar binnen gaat blijkt het er *bomvol te zitten met feestvierende polygamisten.*

Er zijn wel honderd mensen in de zaal, mannen, vrouwen en kinderen, en een diepe stilte valt als een deken over de aanwezigen zodra je een voet over de drempel zet. Dus dit is de reden waarom hun huizen leeg waren en hun winkels dicht: een bruiloft, een begrafenis, een voorproefje van Onafhankelijkheidsdag, of zoiets. De kinderen zijn op blote voeten en smoezelig en verbergen hun gezichten achter de lange rokken van hun moeders en zusters, vrouwen die vol angst en weerzin naar je kijken. De mannen hebben hun mouwen tot bovenaan opgerold en hun biceps verraden een leven lang noeste arbeid maar ook spanning veroorzaakt door jouw aanwezigheid; ze kijken elkaar aan en vragen zich af wat er met je moet gebeuren. Het feest is strikt gescheiden naar geslacht.

Het is precies zoals de serveerster zei: deze mensen hebben een pesthekel aan je en zullen niet rusten voor je vertrokken bent, en je staat daar in de deuropening met een domme glimlach op je gezicht te kijken of je ergens een koffieketel ziet, en als je die niet ziet roep je tegen niemand in het bijzonder maar tegen de polygamisten in het algemeen dat je iets wil eten en is er misschien een behoorlijk restaurant hier ergens in de buurt? Niemand antwoordt en eigenlijk is het net alsof je niets gezegd hebt, alsof ze niet naar een persoon kijken maar naar de deur die vanzelf is opengegaan en het heersende groepsgevoel is: wie van ons gaat die deur dichtdoen?

Je verlaat de feestzaal en loopt terug naar je auto, rijdt dan verder totdat je bij een postkantoortje komt waar je parkeert en een kaart schrijft aan je vrouw (per adres haar moeder in Connecticut). De wind zwiept door de cabine en er drupt bloed van je kin op de kaart en dit is wat je schrijft: 'Pas op voor de meerwijvers van Colorado City, Arizona. Ze schenken geen koffie voor mensen zoals jij.' De vrouw van het postkantoor is geen polygamist en ze is het met je eens als je zegt dat een borrel ze goed zou doen. 'Ik doe of ze lucht zijn,' zegt ze. 'Dat is makkelijker.' Je vraagt om een tissue om je neus schoon te vegen en ze haalt er een paar en een plastic bekertje water om de bruine, brokkelige bloedstolsels weg te wassen.

HET IS VRIJDAG, de derde juli, en je staat met je handen op je rug naast de auto. De aanblik en omvang van de Grand Canyon gaan je voorstelling en alles wat je ooit in tijdschriften of films hebt gezien ver te boven. De hemel kleurt dieprood aan de randen terwijl de zon naar de horizon zakt en mensen zich zwijgend aan de rand van de canyon opstellen en daar maar staan te staan en te kijken. Je bestudeert hun gezichten en bent je bewust van hun verwondering en vraagt je af waarom jij niet iets vergelijkbaars voelt – bij jou brengt het uitzicht slechts onrust en onbehagen teweeg. Een vreemde sensatie van heet bloed dat in je maag opwelt en de nabijheid van zoiets basaals als deze canyon maken je duizelig. Je was er niet op voorbereid iets anders te voelen dan proza-isch plezier, en dit verzwakt je ruggengraat en je benen. Door je shirt heen houd je je maag vast en je zegt tegen jezelf: er ontbreekt hier een te grote hap uit de aardbol, ik wil het gewoon niet weten.

Aan het parkeerterrein ligt een honderd jaar oude Lodge en hoewel je nog steeds geen honger hebt (je hebt net de laatste verschrompelende bosbessen ver-orberd) loop je erheen om iets te eten, al was het maar om even weg te zijn bij de canyon, maar de eetzaal zit vol en de gastvrouw zegt dat je minstens een uur moet wachten voor er plaats is. Ze raadt je aan in de gelagkamer te wachten tot de drukte voorbij is en zegt dat je als je haar naam noemt een gratis cock-tail kunt krijgen (bij het woord alleen al grimast je gezicht en trekt je nek zich tussen je schouders alsof je een schildpad bent, en de gastvrouw fronst haar wenkbrauwen en wendt zich tot de volgende klant). Sinds het wakker worden vanochtend heb je nog geen pil geslikt of alcohol aangeraakt.

De zon is ondergegaan. Je ijsbeert een paar maal langs de gelagkamer maar gaat niet naar binnen en belooft jezelf dat ook niet te zullen doen tenzij je een teken krijgt, en dan bedoel je niet dat je gaat zitten wachten tot de hand van God vanuit de canyon om-hoog reikt om de klapdeuren open te duwen maar meer iets als een leuk meisje dat je aan de bar ziet zitten of een passant die je goedenavond wenst. Als iets dergelijks uitblijft loop je naar de klapdeuren en tuurt eroverheen de donker geworden gelagkamer in, waar de ogen van de barman en de ogen van de gasten zich nat en glimmend als die van een wasbeer boven een vuilnisbak op je vestigen en je de rijen glanzende flessen in het vizier krijgt en weer die hitte in je maag voelt samenstromen, alleen erger dit keer, alsof er bloed vanuit de bodem van je maag omhoog wordt gepompt, en je vlucht bij de flikkerende zwarte ogen vandaan en holt terug naar je auto, klautert de slaapcabine in en trekt de klep achter je dicht.

Je zit te hijgen in de benauwde stilte. Er is overduidelijk iets mis met je maag, een nieuw soort kramp die je niet eerder hebt gehad, en je tast met je vingertoppen naar de kern ervan. Als de pijn en hitte niet afnemen duw je vier aspirientjes in je strot en leun je achterover in de hoop dat je in slaap zult vallen maar het brandende ongemak staat het niet toe en terwijl de pijn steeds scherper opwelt luister je naar je eigen gekreun en gejammer en dit is wel het ellendigste en eenzaamste geluid dat je ooit hebt gehoord, en droefheid valt als een met loodveter verzwaard gordijn op je neer en bedekt je, en zonder alcohol of verdovende middelen om de lang verborgen emotie te verbloemen neemt ze nu bezit van je lichaam.

Het is een kracht die machtiger is dan jijzelf, een zwart-dwaze wanhoop die opwelt en je botten binnendringt, en je bent bang dat je, net als toen in de steeg bij je werk in de nacht dat je door je vrouw werd verlaten, je hersens aan het beschadigen bent, en je stompt tegen de wanden van de cabine, maar in plaats van je tot bedaren te brengen lijkt de pijn je radeloosheid slechts te versterken. Als een spartelende vis wentel je je rond, je ramt met je hoofd tegen de wielkast in de hoop jezelf bewusteloos te slaan en het bloed stroomt uit je neus in je ogen en mond; en pas dan dringt het vanuit een rationele rest in het diepst van je brein tot je door dat dit het doel is van je komst naar de Grand Canyon, en dus laat je je lichaam gaan en laat je je overstelpen door het volle gewicht van de aanvallende druk en je wikkelt je gezicht in de deken en krijst bij de visioenen van het verdriet van je vrouw en van de vrouwen in de bar en je leven in de bar en de stamgasten in de bar en je leven alleen in het huis waar je ooit met je mooie vrouw woonde maar waar je nu niet door de ramen naar buiten durft te kijken, en je denkt aan de eenzaamheid van de vermoorde spookvrouw in de bar en je krijst en krijst totdat je stem is uitgeraasd en je onder het plakkerige bloed en de tranen alleen nog knarsende lucht uitbrengt en je eigen geluid niet meer herkent, en uiteindelijk raakt je lichaam uitgeput, zowel wat energie als emotie betreft, kun je niet langer bewegen en lig je alleen nog maar te rillen, en dan kalmeer je en lig je stil. Je trekt de deken van je gezicht. Je ogen zijn open en je ademt.

Na een halfuur van kalmte open je de klep en buigt je hoofd tegen de wind. Met je deken veeg je het zweet en het bloed en het smeer weg en je kijkt naar de maan die laag boven de canyon hangt. Als na een zware inspanning doet je lichaam overal pijn en je voelt voldoening, een soort trots of besef dat je iets hebt volbracht, en je bedenkt dat je naar de rand van de canyon wil lopen om de blauwzwarte nachtkleuren van de rotsen in je op te nemen en je hurkt om uit te stappen, strekt je been het lange eind omlaag en als je voet de grond raakt ontspant je kringspier zich onwillekeurig en spuiten twee dagen bosbessen en een heleboel bloed door je broekspijpen en over je sokken en schoenen omlaag en stromen samen in een dampende plas aan je voeten:

Stilte.

HET IS GEEN GERINGE PRESTATIE jezelf schoon te maken maar je legt je erop toe met de zwier van een wasvrouw. Je buigt je over de wastafel in een nabijgelegen openbaar toilet en schrobt je broek onder de hete kraan met een platte steen die je gevonden hebt en hebt omwikkeld met papieren handdoekjes. Je gooit je ondergoed en sokken weg en staat daar van je middel tot aan je voeten in je nakie, met viezigheid op je billen en benen, en je mag jezelf in je handjes knijpen dat er niemand is die het ziet. Je trekt je natte broek en schoenen weer aan en loopt in de richting van de gelagkamer maar hij gaat net dicht en als je de barman vraagt om één glaasje whisky weigert hij. Als je zegt dat je desnoods de dubbele prijs wil neerleggen voor een fles zegt hij: 'Ik heb je wel naar ons zien gluren eerder vanavond', en dat is dat. Je gaat weer rijden.

Nuchter rijd je door Flagstaff, Sedona en Jerome, en aan het begin van de middag strijk je neer in Prescott, Arizona. Er is een rodeo in de stad en het stikt er van de paardenaanhangers en straatverkopers en dronken woestijnbewoners die dansend en stampend het stof doen opwolken van de straat. Je neemt een kamer in een goedkoop motel en vraagt de vrouw achter de balie naar de dichtstbijzijnde bar en ze vertelt over het rijtje bars genaamd Whiskey Row een kilometer verderop aan dezelfde weg. 'Whiskey Row?' zeg je. Ze vraagt of je alleen reist en als je bevestigend antwoordt waarschuwt ze je voorzichtig te zijn, want de rodeo brengt soms slecht volk op de been en de plaatselijke ordehandhavers zijn onderbezet en sowieso weinig geïnteresseerd. Je bedankt haar en ze geeft je de sleutel van je kamer; hij is krom en zit met een zware ketting en een schroef aan een joekel van een stuk spaanplaat bevestigd. 'De mensen zijn er dol op mijn sleutels te stelen,' legt ze uit. 'Je vraagt je soms af of ze ze als souvenir bewaren of uit het raam gooien of wat.'

Je loopt onmiddellijk naar Whiskey Row, met de enorme sleutelhanger bungelend uit je zak, en je gaat een bar binnen en bestelt een borrel die je in één teug achteroverslaat. Het doet pijn aan je slokdarm en je gezicht vertrekt tot een grimas en je bent bang dat je moet overgeven maar je grijpt naar je keel om de

drank binnen te houden en de vlaag van misselijk-
heid waait over. De bartender is een aantrekkelijke
vrouw van ongeveer jouw leeftijd; ze verontschuldigt zich dat ze je zo staat aan te staren en vraagt of
je al eens eerder whisky hebt gedronken en je zegt
van niet. Lachend vraagt ze of je het lekker vindt en
je zegt niet heel erg maar dat je gehoord hebt dat je
het moet leren drinken, en je bestelt er nog een en
ze brengt je een glas van het huis en loopt dan weg
om iemand anders te bedienen. De drank glijdt best
makkelijk naar binnen en als je een derde bestelt
glimlacht de barvrouw.

Tde bar zit vol cowboys en hun hagedisvrouwen en
je luistert naar het geschraap van hun laarzen op de
kromme plankenvloer en het geluid van hun stemmen die tekeergaan en zwamverhalen ophangen en
je vraagt je af: moet *iedereen* nou echt altijd liegen?
Je bent hier als vreemdeling en stadsbewoner overduidelijk niet op je plaats en ontvangt vuile blikken,
maar de cowboys hebben het te druk met zich een
stuk in hun kraag te zuipen om zich met jou te be-
moeien, en bovendien is het nog te vroeg op de dag
voor zinloos geweld nu het zonnetje nog schijnt en er
buiten op de stoep nog plakkerige, ijsetende kinderen
lopen te joelen.

Het wordt steeds drukker in de bar en de leuke
barvrouw heeft weinig tijd om te praten maar na je
vijfde glas weet ze dat het een leugen was dat je nog
nooit whisky had gedronken en als ze even een mo-
mentje rust heeft komt ze naar je toe met haar armen

in gespeelde ontzetting voor haar borst gekruist en steek je berouwvol je hand op en biedt haar iets te drinken aan om vrede te sluiten, maar ze zegt dat ze tijdens het werk niet mag drinken en wijst naar een ouderwetse ronddraaiende camera aan het plafond boven haar hoofd. Dan vraag je hoe laat ze klaar is met haar dienst en ze zegt zes uur, en je vertelt haar je plan, net bedacht, en dat luidt als volgt: jij gaat terug naar je motelkamer om een bad te nemen en weer een knappe kerel te worden en aan het eind van haar dienst kom je terug en dan zullen jullie beiden, met haar goedvinden, arm in arm naar de rodeo lopen waar jullie de deprimerende, ongrappige clowns en de gemartelde, haatdolle stieren en de lamlullen van lassoartiesten zullen toebrullen en waar jullie, zonder angst voor camera's die trouwens waarschijnlijk toch kapot zijn en waar bijna zeker geen filmpje in zit, een drankje zullen drinken, en daarna nog meer drankjes, rustige drankjes ergens alleen in een kamer met niemand erbij die jullie kan storen met hun levensleugens en zure adem en rare, verwijfde puntneuslaarzen, en daarna, en daarna... en je weet het niet meer en de leuke barvrouw glimlacht verlegen en brengt je nog een whisky en schenkt voor zichzelf een glas water in en jullie klinken met jullie glazen en drinken.

Je verontschuldigt je voor je gebazel maar ze glimlacht steeds vaker en ze belooft om zes uur op je te wachten en wijst naar de kruk waar ze zal zitten en je kunt je geluk niet op en strekt je hand uit om de hare aan te raken en ze pakt de jouwe vast en haar vingers zijn zo zacht en warm en jullie harten gaan tekeer en op dat moment komt de barhulp aangehold, een watervlugge Mexicaanse tiener met bescheiden vetkuif, en fluistert iets in haar oor, en haar ruggengraat verstijft, alle plezier trekt uit haar gezicht en ze laat je hand los en loopt naar het andere eind van de bar om de ongeduldige, dorstige cowboys te bedienen. Je bent in de war en vraagt de barhulp wat er aan de hand is en hij wil of kan niet met je praten maar onder het schoonvegen van de bar gebaart hij met zijn hoofd naar een grote kerel die alleen in een hoek zit te drinken. De man zit naar je te loeren, en nu begrijp je het: in de hoedanigheid van echtgenoot of vriend kan hij een of ander recht op de barvrouw doen gelden en jullie verstandhouding bevalt hem niet, en je vraagt je af: hoelang zit hij al naar jullie te kijken? En heeft hij gezien hoe je naar haar keek telkens als ze vooroverboog om bier uit de koeling te pakken? Je heft je whisky naar hem en neemt een slok maar hij loert alleen maar naar je, en die blik is niet mis te verstaan: het zal niet lang duren of hij komt naar je toe om je uit te schelden en te vernederen door je te vragen op te stappen, en als je niet opstapt zal hij je bij je haren grijpen en naar buiten sleuren en als je tegenstribbelt zal hij je neerslaan in het stof op de stoep en het stof zal op je tong en tussen je tanden knarsen en de barvrouw zal dit allemaal zien en je zult haar om genade horen roepen onder het aanmoedigende gebrul van de cowboys en hagedisvrouwen, en met een man zo breed als deze zit er geen kans in op overwinning of zelfs maar een beetje vertoon van lef en dus, omdat je geen andere keus hebt, reken je af en sta je op om te gaan. De brede man ziet je vertrekken maar wendt zich af als je bij de deur bent en je vangt de blik van de bevreesd kijkende barvrouw en steekt zes vingers in de lucht en ze glimlacht verholen en dan, terwijl de man een kennis begroet die op hem afloopt, keert ze zich naar je toe, schuift haar haren achter haar oren en *geeft je een knipoog.*

Je loopt nu vrij rond op straat zonder bang te hoeven zijn dat je in elkaar wordt geslagen of in het stof van de stoep moet bijten, en je bent min of meer verliefd op de barvrouw en staat versteld van de krankzinnigheid van je hart en op het moment dat je de hoek omgaat en je pas versnelt bij de gedachte aan je motelkamer, rust en een warm bad, gebeurt er iets vreemds: ineens sta je oog in oog *met een paard* dat aan een lantaarnpaal is vastgebonden. Het is een oud, afgeragd paard met een holle rug en kale knieen en vliegen die op zijn ogen verkoeling zoeken en hij deinst terug van je aanraking maar kalmeert al snel en duwt zich dan tegen je strelende handen. In films heb je mensen suikerklontjes en snoepjes aan paarden zien voeren en je zoekt je zakken af naar een pepermuntje of zuurtje maar je hebt geen van beide, alleen je witte pillen en dus geef je het paard er vier en dan, zijn gewicht in overweging nemend, nog eens vier (hij likt ze van je hand, zijn tong een warme, levende steak), en je kijkt hoe hij de pillen vermaalt tus-

sen kaken zo lang als je onderarm terwijl nog steeds
die groenzwarte vliegen door het water van zijn oogbollen waden, en voelt dan plotseling een aandrang
om je hand nogmaals uit te steken en hem een harde
klap op zijn grijze smoel te geven en dit is precies wat
je doet, je geeft dit slaperige oude paard een klap voor
zijn smoel (vertel, als je kunt, waarom je dit doet).
Weer deinst hij terug (de vliegen weten zich op de een
of andere manier vast te houden) en je hebt heel erge
zin om het beest voor zijn smoel te stompen maar je
rukt alleen zijn hoofdstel omlaag en schreeuwt recht
in zijn smoel: 'Tijd voor een bad!' en rent dan als een
speer naar je kamer en iedereen die je passeert en in
je stoffige kielzog achterlaat vraagt zich hoopvol af of
ze nog een glimp van je achtervolger zullen opvangen
en dan aan zijn gezicht kunnen zien wat de reden is
voor zijn woede.

ALLES IN JE KAMER is bedekt onder een mantel
van stof en in de muur boven het beddenhoofd zit
een stel gaatjes; zeven gaatjes die met een klein stomp
voorwerp van binnen naar buiten in de muur zijn
geponst. Je stopt de gaatjes dicht met tissuepapier,
bezorgd dat je al doende een boos oog tegenkomt
dat daar in de donkerte rondwaart. Je doet een stap
naar achteren om je huisvlijt te bewonderen en zegt
tegen de muur: 'Muur, ik heb je belachelijk gemaakt.'
Je laat het bad vollopen, alleen ben je vergeten dat
eerst schoon te maken en dus moet je het weer leeg
laten lopen, schoonmaken en opnieuw laten vollo-

pen. Je bent heel moe en valt in het bad in slaap en als je wakker wordt is het water koud en staat de radiowekker op tien voor zes en je denkt terug aan de versleten spijkerbroek en het mouwloze T-shirt van de barvrouw en je springt uit bad en glijdt uit op de natte vloertegels terwijl je je afdroogt met handdoekjes van schuurpapier.

Terug in Whiskey Row is de leuke barvrouw verdwenen. Op je vraag of ze nog terugkomt rolt haar aflosser met zijn ogen – een vaak gestelde vraag kennelijk – maar als je zegt dat je had afgesproken haar hier op te halen knikt hij en overhandigt je een consumptiebon met daarop het woord 'sorry'. 'Ze vond je vast aardig,' zegt hij. 'Voor zover ik weet heeft ze nooit eerder sorry gezegd.' Je zegt niets maar haalt je schouders op. 'Wees blij,' zegt hij. 'Haar vriend zou je hersens uit je kop hebben geslagen, daar kun je donder op zeggen.' (Je stelt je voor hoe het stof van de stoep aan je klamme hersens plakt en trekt een vies gezicht.)

Met de consumptiebon bestel je een biertje en je gaat op de dichtstbijzijnde vrije kruk zitten, waar je vriendschap sluit met een hagedisvrouw genaamd Loïs, die je spontaan vertelt dat ze zevenenvijftig is en je tegen je arm stompt en een vuile versierder noemt wanneer je haar vraagt hoe laat het is. 'Iedereen ziet toch dat mijn horloge kapot is,' zegt ze, en ze houdt haar pols op zodat je het kunt zien. 'Je hoeft geen smoesjes te verzinnen om met me te praten.' Je zegt dat je het alleen maar vroeg omdat je de rodeo niet wil missen, waarop ze in toorn ontbrandt en zegt dat je helemaal niets van rodeo's af weet, wat je beaamt, en ze verzoekt je het niet met haar over welke rodeo dan ook te hebben, wat je belooft nooit meer te zullen doen, en ze zegt dat ze al haar hele leven bij rodeo's rondhangt en dat ze graag met je meegaat naar de rodeo als je wil, en je zegt bedankt maar nee dank je, waarna ze nors voor zich uit gaat zitten staren. Als je haar iets te drinken aanbiedt vrolijkt ze weer op en stelt je voor aan haar zoon op de kruk naast haar, een man van jouw leeftijd die Corey heet. Hij heeft het gezicht van een hond en het haar van een hond en kleine, ver uit elkaar staande ogen en een babyblonde snor die zijn mond ín groeit en als Loïs iets in zijn oor fluistert steekt hij zijn hand naar je uit en zegt: 'Lo zegt dat je trakteert.' Je zegt dat je inderdaad van plan was een paar borrels te bestellen en hij zegt dat een paar borrels prima zijn, en hij bestelt een tequila en een Mexicaans biertje voor zichzelf en als de barman de prijs noemt wijst hij niet naar jou maar naar de portemonnee in je hand.

Drie rondjes later willen ze je niet meer laten gaan. Loïs staat erop dat je blijft of in ieder geval niet zonder haar vertrekt, en ze houdt je tegen bij je polsen en zegt dat de rodeo niets anders is dan een 'hartenbreker' maar weigert 'uit principe' dit nader toe te lichten. Corey, die wat minder subtiel is dan zijn moeder, zegt: 'Ik wil dat je blijft en nog een paar tequila's voor me bestelt.' Maar je moet steeds aan de barvrouw denken en je maakt jezelf van het tweetal los. Loïs volgt je op de hielen, houdt je bij de deur tegen met een ruk aan je arm en zegt: 'Vroeger was ik mooi', en in het licht zie je dat het waar is en je verzekert haar dat ze nu ook nog mooi is (wat ze niet is), en ze glimlacht naar je en vraagt koket of jullie vrienden voor het leven zijn en jij zegt tuurlijk.

'Weet je wat een spuughand is?' vraagt ze.

'Nee, Loïs, geen idee.'

'Waarschijnlijk hebben ze dat niet in de stad, daarom lopen jullie allemaal rond met een mes in je rug. Maar je hebt weleens gehoord van bloedbroeders toch? Nou dat kan dus niet meer vanwege aids en zo, dus hier schudden we een spuughand, en als je eenmaal een spuughand hebt geschud dan blijf je elkaar eeuwig trouw. Kijk zo, eerst spuug je een dikke klodder in je hand, en ik in de mijne, en dan schudden we elkaar lekker stevig en glibberig de hand en–'

Je onderbreekt Loïs voordat ze in haar hand kan kwatten en je zegt dat je nu even geen tijd hebt voor het ritueel omdat je al laat bent voor een afspraak, maar dat je na de rodeo terugkomt en haar dan graag ter wille bent, en het spijt haar dat je vertrekt maar je zegt dat het beter is zo omdat jullie nu allebei iets hebben om je op te verheugen en dat jullie als je terug bent elkaar helemaal onder kunnen spugen als ze wil, en ze knikt en zegt dat ze nergens heen gaat en dat je weet waar je haar kunt vinden en gaat dan terug de bar in.

De leuke barvrouw staat niet te wachten bij de ingang van de rodeo en zit ook niet op de tribune bij de rodeo en staat niet bij de stalletjes en leunt niet glimlachend met haar armen over elkaar tegen het hek bij de uitgang van de rodeo. De rodeo is saai en het is er heet en je kunt je niet op het gebeuren concentreren doordat je het te druk hebt met om je heen kijken en de stank van de dieren je neus binnendringt en zich als een steen vastzet in je maag. Achter je zit een cowboy die herhaalde malen met de neus van zijn laars in je rug prikt en dan zijn verontschuldigingen aanbiedt; kinderen worden door hun moeders mee naar huis genomen om in bed gestopt te worden en de blikken van de dronken mannen die overblijven vallen kritisch op jou. De barvrouw is niet van plan hiernaartoe te komen. Als de zon ondergaat flitsen met een knerpende, gonzende klik de lampen aan en je handen lijken wel de handen van een engel zoals ze in het blikkerende neonlicht voor je zweven.

Terug in de bar zie je Loïs en Corey voor ze jou zien en je dringt door de menigte om naast ze te gaan zitten. Het is nu bomvol en er staat een country&westernband te spelen op een enorm hoog podium; als je erlangs loopt zijn de laarzen van de violist nog een voet boven je hoofd. Coreys kleine oogjes spotten je en hij attendeert Loïs op je terugkeer, waarop Loïs zich met een zwiep omdraait en je nadrukkelijk wenkt. Haar hoofd ziet eruit alsof het eraf is gehaald en achterstevoren is teruggezet – het is duidelijk dat ze zelfs zonder jouw geld zijn doorgegaan met drinken terwijl je weg was. Loïs beweegt haar elleboog als een pompzwengel op en neer en verzamelt met een paar diepe neusophalen slijm in haar mond en dan zie je haar vier keer in haar handpalm spugen, en als je voor haar staat steekt ze je met een stralende blik een klodder fluim toe.

'Oké,' zegt Corey, 'nu jij in de jouwe.'

Je wilt Loïs' hand niet aanraken maar ziet niet hoe je eronderuit kunt en dus spuug je eenmaal in je hand en steekt haar die op dezelfde wijze toe. Maar dit is niet genoeg voor een spuughand, noch qua hoeveelheid noch wat ingrediënten betreft, en dus wordt je opgedragen 'er meer lijm bij te doen', en met een snurkende schraap achter in je keel hoest je een grote kledder slijm in de palm van je hand en pakt Loïs bij de hare en haar spuug druipt over je knokkels, wat je zo doet kokhalzen dat je bang bent dat je over je nek gaat, maar je gaat niet over je nek en het duurt niet lang of het is voorbij en Corey geeft jullie allebei een servetje en verklaart dat Loïs en jij nu officieel Ware Vrienden Voor Het Leven zijn.

'Voor Het Leven,' zegt Loïs.

DRANK EN NOG MEER DRANK, steeds betaald met jouw geld, en ineens merk je dat Loïs' hand op je dij rust. Haar duim beweegt voortdurend heen en weer en hoewel Corey dit ziet lijkt het hem niet te storen maar jij voelt je ongemakkelijk en probeert hem bij het gesprek te betrekken. Loïs haalt haar lange, gelakte nagels over je kruis.

'Laat hem met rust,' zegt ze tegen je. 'Hij probeert een meisje te versieren.'

Dit is waar. Coreys versiermethode bestaat eruit dat hij met zijn varkensoogjes naar de hoofden van alleengekomen vrouwen staart, net zolang tot ze zich ongemakkelijk voelen en hem vragen ermee op te houden; als hij vervolgens niet ophoudt pakken ze hun spullen bij elkaar en gaan ergens anders zitten, buiten zijn blikveld. Hij gaat ermee door tot er alleen nog niet-alleengekomen vrouwen in zicht zijn, en dan drinkt hij nog meer tequila en begint naar deze vrouwen te kijken en zij buigen zich naar hun cowboys en nu wordt het lelijk in de bar en begint de nacht zich te ontrafelen.

Je bent van je geest afgescheiden. Loïs' hand wurmt zich aan de voorkant van je broek naar binnen en Corey zit te lachen en aan zijn snor te likken en je drinkt whisky na whisky en slikt nu ook pillen en als Loïs dit ziet zegt ze: jij weet helemaal niks van pillen, en ze geeft je een babyblauw rond pilletje, dat je oppeuzelt, waarna Loïs er onmiddellijk naar begint te zoeken omdat ze vergeten is dat ze het aan jou heeft gegeven, en ze leegt haar tas op de bar (je spot een rol condooms) en zegt: die pil was dodelijk en nu ben ik hem kwijt, en je geeft haar twee van jouw witte pillen en ze bestelt nog twee tequila's, eentje voor Corey en eentje voor zichzelf, en ze geeft haar zoon een pil en hij stopt die zonder ernaar te kijken in zijn mond *en kauwt erop*, gevolgd door de tequila, en je hoort een cowboy tegen hem zeggen dat hij moet ophouden met naar zijn vrouw te kijken en Corey, die inmiddels alle hoop heeft opgegeven dat hij deze avond de liefde nog tegenkomt, staat op om met de man op de vuist te gaan en die staat op met de hals van zijn bierflesje in zijn hand geklemd.

Loïs blijft niet naar het gevecht van haar zoon kijken maar smokkelt je mee naar ergens achter in de bar en vandaar naar een doodlopend stuk van een dienstgang. Hier stort ze zich op je en ademt met haar wijd open mond hete stinkende lucht in je gezicht en legt jouw handen op haar lichaam en rukt aan je riem en rits en als ze merkt dat je lichaam onbewogen blijft begint ze te jammeren en aan je borst te klauwen en tegen je been aan te rijden en ze probeert je handen onder haar rok en bij haar naar binnen te duwen maar je laat ze slap langs je lichaam vallen en je hoofd knikt achterover en je schatert het uit en ramt met je schedel tegen de klamme, kleverige muur. Ze is buiten zinnen en laat zich op haar knieën vallen en je kijkt hoe ze haar hoofd verwoed op en neer beweegt en aan het andere eind van de gang zie je de gestalten van cowboys en je hoort ze schreeuwen en vraagt je af of ze naar jouw romance staan te kijken of naar het gevecht met Corey, en dan zie je Corey door de gang op je afkomen en je glimlacht naar hem en zegt: 'Vrolijke vierde juli, Corey', en zijn wang is besmeurd met bloed en hij balt zijn vuist en geeft je een stomp op je oog en je valt op de grond en tussen je afwerende armen door zie je hoe hij zijn moeder als een lappenpop aan haar arm meesleurt.

Je raapt jezelf bij elkaar, staat op en gaat terug naar de bar. Loïs en Corey zijn aan een ander tafeltje gaan zitten en geen van beiden kijkt je nog aan en jullie zijn geen vrienden meer. Je probeert de man naast je een drankje aan te bieden maar hij bedankt beleefd en geeft je een servetje voor je bloederige oog. 'Maar weet u zeker dat u niets wilt hebben?' vraag je. 'Heel zeker,' zegt hij, en vervolgens bestelt hij een drankje en rekent af met zijn eigen geld. Het licht gaat aan en de country&westernband wenst iedereen goedenacht en de barman wil je niet meer bedienen en wijst naar de deur en samen met de anderen drom je naar buiten, pratend tegen de mensen links en rechts van je, en mensen lachen je toe en kloppen je bevoogdend op de rug maar op geen van je opmerkingen reageren ze bevredigend.

Alle bars in Whiskey Row zijn gesloten en op straat wemelt het van de dronkenlappen. Vertel over de cowboy die wordt opgetild en op de schouders van de menigte door de straat wordt gedragen – het is de winnaar van de rodeo. Hij is nog maar een jongen, oogt nog geen twintig, en zijn glimlach is de oprechtste en knapste glimlach die je ooit hebt gezien, en hij lijkt nuchter en verlegen met alle heisa, maar daaronder huist onvoorwaardelijke blijdschap en trots, het is voor hem een droom die werkelijkheid is geworden, en hij steekt zijn hoed in de lucht en gooit hem de menigte in en je ziet de omhoog reikende dolkhanden van de hagedisvrouwen die allemaal een stukje van hem willen hebben als hij langskomt.

Het wordt je droef te moede als je de rodeokampioen ziet en je besluit je oude paard op te zoeken en hem misschien te ontvreemden om mee de woestijn in te rijden, maar om dat te doen moet je de andere kant op, tegen de mensenstroom in, en je wordt agressief tegen degenen die tegen je op botsen en vrouwen happen naar lucht als je ze passeert en deinzen achteruit als je bij ze in de buurt komt, want je dronken bloed drupt nu vrijelijk van je wenkbrauw en je ogen zijn nat van tranen, en sommigen van de mannen die je opzij dringt willen je neerslaan maar je voorkomen roept zo'n afkeer bij ze op dat ze doorlopen of door hun vrouwen worden meegetrokken. Maar nu struikel je of misschien geeft iemand je van achteren een duw en je valt op je knieën en een stel handen pakt je vast en sleept je naar de kant van de weg en laat je daar vallen, en je ligt in het stof en kijkt naar de laarzen die voorbij stampen, honderden paren cowboylaarzen, geen twee hetzelfde, die als een meute aan je voorbijlopen.

Geleidelijk lost de menigte op en je hijst je met je rug tegen een paal en dan opeens zie je aan de overkant de Mexicaanse barhulp en je roept hem en hij komt naar je toe. Hij heeft een meisje aan zijn arm en vraagt of alles oké is en je zegt niks maar steekt je duim naar hem op. Zijn meisje vraagt hem iets in het Spaans en hij antwoordt in het Engels: 'Dit is die vent over wie ik vertelde, die bijna een pak slag kreeg van Penny's vriend', en ze knikt. Nu steken Penny de leuke barvrouw en haar vriend de straat over om de barhulp te begroeten en ze zien je op de grond zitten en Penny hapt naar adem en de barhulp vraagt haar vriend of híj je zo heeft toegetakeld en hij zweert dat hij het niet geweest is en hij steekt zijn handen uit om je op te rapen en weer op je beide benen te zetten en het is vreemd zijn sterke handen te voelen want hij wil je nu alleen maar helpen, en hij vraagt waar je logeert en je wijst in de richting van het paard en het groepje loopt met je op die kant uit. Penny veegt je gezicht schoon met een tissue en vraagt wat er gebeurd is en wie dit met je heeft gedaan, maar je herinnert het je even niet meer en zegt dat je het niet weet. Haar vriend en de barhulp houden je overeind en het meisje van de barhulp zegt iets in het Spaans waar hij om moet lachen en Penny vraagt of hij het wil vertalen, en dat doet hij: 'Ze zegt dat hij loopt als een uit de auto gesmeten sigarettenpeuk. Je weet wel, zoals een kers danst?' en ze proberen hun lach om de grap van het meisje in te houden. Je rukt je los en ze komen niet achter je aan maar roepen je verontschuldigend toe, en je hoort Penny's vriend zeggen: 'Laat hem gaan, laat hem gaan als hij wil', en je strompelt in de richting van het oude paard terwijl je bedenkt hoe hij helemaal alleen in die steeg staat met niets in zijn gedachten behalve een grijs geluid en plotseling voel je vreselijk spijt dat je hem een klap hebt verkocht en je begrijpt niet wat je bezield heeft en het lijkt het ergste wat je ooit in je leven hebt gedaan, en snikkend hap je naar adem en je hebt nog nooit iemand zo intens gehaat als je jezelf op dit moment haat, en je zult niet op

zijn rug klimmen maar zijn neus aaien en weer vrienden met hem worden en hem meer pillen geven, alle
pillen die je nog hebt, om zijn levenspijn te verzach-
ten, en hij zal niet weten waarom maar hij zal zich
in- en ingelukkig voelen en merken dat het geluid in
zijn hoofd verandert in een soort hemelse, eeuwige
muziek, en als je eindelijk bij de steeg aankomt zijn je
stekende ruggengraat en stekende hart vervuld van
goedheid en berouw maar dit is over zodra je ontdekt
dat de steeg donker is en het afgeragde oude paard
verdwenen.

Vier

VERTEL OVER JE VROUW. Het is vroeg in de middag en je ligt op de bank in de woonkamer te slapen als ze terugkomt voor de rest van haar spullen. Gepakt en gezakt maakt ze je wakker om met je te praten. Je 'zat de laatste tijd niet lekker in je vel' maar gaat nu 'aan jezelf werken' en straks heb je je leven 'weer helemaal op de rails'. Nu kijkt ze je aan en denkt aan alle tijd die ze aan je heeft verspild, voor niks, en wordt kwaad. Tijd is voor jonge vrouwen belangrijker dan voor mannen, legt ze uit; daar heeft ze gelijk in en je zegt dat ze gelijk heeft en verontschuldigt je om te braken en hoewel ze niet weet dat je stil aan het braken bent baal je dat er zo weinig veranderd is sinds ze bij je weg is, want wat zou ze verrast zijn geweest als ze je bij haar terugkomst had aangetroffen in schone kleren, met gekamde haren en een blinkend gepoetste bril, je schoenen krakend van onbuigzame lederen nieuwigheid. Je vrouw is aan de telefoon en je hoort haar tegen iemand zeggen dat ze van hem of haar houdt en als ze ophangt vraag je: wie was dat, van wie hou je? 'Ik hou van een heleboel mensen,' zegt ze. 'Van wie hou jíj?' Als je geen antwoordt geeft loopt ze naar de deur. Een mannenstem roept; je hoort een auto toeteren. 'Wie is dat?' vraag je.

'Geen vragen meer,' zegt ze.

'Eén vraag nog,' zeg je.

Ze blijft staan en wacht op de vraag. Maar het is een gemene vraag en je schudt hem weg met je schouders. Ze wijst op haar horloge en draait haar handpalmen naar boven; jij knikt en wijst naar de deur en ze is weg. Je telefoon gaat en je loopt je slaapkamer in om op te nemen. Je bed is opgemaakt en het dekbed is koel en je stopt je gezicht erin terwijl je de hoorn naar je oor brengt. Het is Simon. Hij belt uit de bar. Goedendag, fiere Zuid-Afrikaan, zeg je tegen hem.

'Hoor eens, vriend, kom je vanavond nog werken of niet?'

'Hoe bedoel je?' vraag je. 'Wat is er?'

Hij zegt dat hij het zat is om anonieme telefoontjes te krijgen als je dronken bent en jij zegt: wat? Hij zegt dat hij op een drukke zaterdagavond wel iets beters te doen heeft dan naar jouw geraaskal te luisteren en jij zegt: wacht nou, wat? Hij zegt dat dit nu de vierde keer is dat je met een dronken kop opbelt om ontslag te nemen, en jij begint te lachen en Simon in weerwil van zichzelf ook. Je legt uit of probeert uit te leggen dat je een paar dagen op pad bent geweest en dat je een aanval van de gevreesde woestijnkoorts hebt opgelopen, en je vraagt of hij bekend is met het feit dat voornoemde ziekte onder meer gepaard gaat met symptomen als wreedheid jegens dieren, een kleverige rimpelpik en de schijterij? Hij laat je weten dat hij daar niks mee te maken heeft en wordt weer kwaad en herinnert je eraan dat het je taak is om af te wassen, een aap zou het kunnen, dus waarom jij niet? En word je niet vorstelijk betaald, in contanten? Als je het niet aankunt, zegt hij, als je dit hersenloze apenwerk niet aankunt, dan staan er tien anderen te trappelen om het van je over te nemen, en dat is waar en dat weet je en daarom, en omdat je bedenkt dat je rood staat en je binnenkort de huur moet betalen, maak je Simon je oprechte excuses en verzeker je hem dat je de vaatdoek niet in de ring zult gooien, en hij zegt dat hij dat maar hoopt ook want tenslotte heeft hij in de loop der jaren een soort van genegenheid voor je opgevat. Je hebt nog drie uur om te rusten voordat je weg moet om de bar te openen en dat vind je een indrukwekkende tijdspanne want het is aan de ene kant te lang om te wachten en aan de andere kant bij lange na niet genoeg.

JE ZIT voor de bar in de magische Ford en Junior de crackverslaafde komt aanlopen en stapt in en samen zitten jullie naar het pand te staren. Hij stinkt als een demon die van diep onder de aardkorst komt en hij laat herhaaldelijk de afschuwelijkste scheten; hij heeft te lang zijn drugs niet gehad en zijn lichaam speelt op. Hij begroet je niet en jij begroet hem niet; er is sinds kort een breuk tussen jullie ontstaan, of liever een breuk tussen Junior en de rest van de wereld – het gaat erg slecht met hem en de uitsmijters zeggen dat hij na sluitingstijd mensen berooft met zijn halve machete. Jij bent niet bang voor hem en gelooft niet dat hij jou ooit kwaad zou doen maar je wou dat hij ergens anders zat dan hier naast jou, speculerend over de inhoud van je zakken.

Hij zit met een aansteker te friemelen en eindelijk zegt hij: 'Ik moet twintig dollar hebben, man. Ik moet echt twintig dollar hebben.' Als je zegt dat je geen geld bij je hebt beukt hij op het dashboard en trekt een pruillip, en vraagt voor zich uit hoelang deze kwelling nog door moet gaan. Je zegt tegen hem dat hij even moet wachten, gaat de lege bar binnen en haalt twintig dollar uit de kluis. Je loopt ermee naar buiten en hij is blij het geld te zien maar wil weten waar je het vandaan hebt. Als je zegt dat je het gestolen hebt kijkt hij bezorgd en vraagt of je daar geen last mee krijgt, wat een belediging is want je weet dat hem dat in feite geen moer kan schelen. 'Ga scoren of niet,' zeg je, 'maar bespaar me je slappe gezeik.' Hij recht zijn rug en knikt en stiefelt ervandoor om zijn dealer te zoeken. De hele avond word je gekweld door schuldgevoel en zelfhaat omdat je hem zo bars hebt toegesproken en ben je geërgerd dat zo iemand zulke emoties in je kan oproepen.

Vertel over je verwondering als de ontvreemde twintig dollar aan het eind van de avond niet als vermist wordt opgegeven. Vertel over het steelgedrag dat je aan dit incident overhoudt en het criminele avontuur waar je je al snel in stort.

Je plan is om thuis een voorraad gestolen geld aan te leggen, apart van je geldvoorraad voor levensonderhoud, en die tot respectabele omvang te laten groeien en vervolgens, op een cruciaal moment, te gebruiken voor een of ander dramatisch doel. Binnen een maand heb je tot je grote opluchting en genoegen driehonderd dollar, het voelt alsof er rechtvaardigheid is geschied, en je vraagt je af waarom je er zolang mee hebt gewacht de eigenaar te bestelen, die (besluit je spontaan) een slecht mens is die van jou verwacht dat je met dit potentieel dodelijke werk van afwassen in een bar zonder morren je lichaam en geest beschadigt, en die nooit vraagt hoe het met je gevoelens gaat, terwijl het toch overduidelijk is dat die, je gevoelens dus, gekwetst zijn en steeds nog pijn doen.

Maar de ontvreemd-geldvoorraad groeit niet snel genoeg en je bedenkt een andere manier om de bar te bestelen en wel als volgt: Je neemt geen geld weg uit de kluis. Elke dienst ben je gedurende drie uur alleen in de bar, van zes tot negen, en dit zijn de uren dat je je slag slaat. Er komen twee klanten binnen en die bestellen twee bier en twee borrels en je rekent ze twintig dollar en laat de la van de kassa openspringen (met zijn luide, officieel klinkende rinkelende bel) maar je slaat de drankjes niet aan en als deze klanten weg zijn haal je het twintigje uit de la en stopt het in je portemonnee. Als er nieuwe klanten komen herhaal je deze truc en de volgende ochtend tel je honderdtwintig dollar om aan je voorraad toe te voegen. (Er was een ogenblik aan het eind van de avond, toen Simon de kas opmaakte, dat je erop voorbereid was je hand op te steken en jezelf aan te geven bij de politie, maar hij had niets gezegd en je zelfs twintig dollar extra gegeven omdat je, zei hij tegen je, het grootste deel van je dienst zowaar min of meer nuchter had geleken.)

Het merkwaardige is dat je sinds je bent begonnen met stelen inderdaad minder drinkt. Eén reden hiervoor is dat je bang bent gesnapt te worden en daarom je hoofd helder wil houden, maar het heeft er ook mee te maken dat het besef dat je bezig bent wraak te nemen op degenen die je met dit werk hebben opgezadeld een kalmerend effect heeft op je hele houding, en tot je eigen verbazing drink je nu weer om de redenen van vroeger – uit opgewekte blijmoedigheid en het verlangen om het ritme van je eigen hartklop te vieren – in plaats van om je verstand en gevoelens uit te schakelen. En zo word je geconfronteerd met weer een van die semi-ergerlijke ironieën van het leven: nooit was je zo'n efficiënte werknemer als nu je je werkgever bent gaan bestelen. Je steelt nu gemiddeld tweehonderd dollar per avond en je ontvreemd-geldvoorraad vormt al een aardig bergje op de vloer. Je koopt een schoolbord en hangt het erboven, en daarop schrijf je dingen als: *Zeilboot? Verhuizen naar Europa? Camper + zwerftocht door Amerika?* Deze en andere ideeën stuwen je voort en voor het eerst in jaren heb je het gevoel dat je naar iets belangrijks toeleeft. Je vrouw belt om te vragen of het al beter gaat en je zegt: als het nog beter ging zou ik uit elkaar springen, wat zij ten onrechte opvat als weer zo'n wanhoopsuiting van je en ze hangt op.

Op een avond, bulkend van zelfvertrouwen en opgezweept door je plannen, verlies je je gevoel voor fatsoen en steel je in de loop van je dienst driehonderdvijftig dollar. Dit blijkt te veel, en na sluitingstijd begint Simon je vragen te stellen die je doen vermoeden dat hij je van diefstal verdenkt (hij beschuldigt je niet ronduit maar achter elk woord voel je zijn argwaan). Als je de avond daarna aan het klaarzetten bent komt een buitensporig vriendelijke man de bar binnen en bestelt een biertje. De fooi die hij noemt is hetzelfde bedrag als de prijs van het bier en vanachter de kassa bestudeer je hem in de spiegel boven de bar en het valt je in dat deze man best een spion zou kunnen zijn, door Simon of de eigenaars op je afgestuurd om voor eens en voor al vast te stellen of je je handen wel of niet uit de kassala houdt, de hemel sta ons bij, God zegene ons, mogen we rusten in vrede en tot in eeuwigheid en de koude buitenregionen van ruimte en tijd, zoals dat heet (mokerslag). Maar Simon (of wie ook) heeft iemand met slechte ogen gestuurd en zijn getuur verraadt hem onmiddellijk, want geen klant ter wereld heeft reden om zo precies in de gaten te houden wat je aan het doen bent, dus jij, in het volle besef van je positie, slaat de bestelling keurig aan, waarbij je ruim afstand houdt van de kassa zodat de oplichtende getallen van de transactie goed zichtbaar zijn, zelfs voor iemand met slechte ogen. Je overhandigt hem zijn wisselgeld en hij speelt de rol van de tevreden bierdrinker tegenover jouw hartelijke, fijn-dat-we-er-zijn gastheerschap. Met een rilling van treurigheid valt je in dat hij hoogstwaarschijnlijk filmster wil worden, dat hij deze realityrol op zich heeft genomen om zijn talent te testen, en je hoort hem al tegen zijn tot tranen toe verveelde vriendin of vriend zeggen: 'Als het me lukt om die barman erin te laten lopen, weet ik dat ik er klaar voor ben.'

Het is zeven uur en er komt een stel Hollywoodtypes binnen om de afronding van een reclamespotje te vieren. Ze smijten bakken met geld over de balk maar de tevreden bierdrinker zit nog steeds aan de bar en houdt al je bewegingen in de gaten en zijn aanwezigheid begint je steeds meer te irriteren want je denkt aan je ontvreemd-geldvoorraad, waarvan de aangroei momenteel stokt. In de hoop hem dronken te voeren besluit je hem van bier te laten overschakelen op whisky. Je offreert hem een borrel van het huis en dat wekt zijn nieuwsgierigheid, hij vraagt of je vaak gratis drank uitdeelt aan vreemden. Je zegt tegen hem: 'Nee, maar jij hebt zoiets authentieks, weet je. Meteen toen ik je zag dacht ik: dat is nou eens een goeie kerel.' De tevreden bierdrinker vindt het fijn dit te horen en pakt het glas whisky aan en denkt aan de tijd in de hopelijk-niet-zo-verre toekomst dat hem in interviews zal worden gevraagd naar zijn jaren van moeizaam geploeter – dit verhaal over een diefachtige barman die hij erin heeft geluisd zou het als komische voetnoot goed doen. Je schenkt hem nog eens in, en nog eens en nog eens; je drinkt gelijk met hem op en jaagt zijn tempo omhoog, maar de tevreden bierdrinker is helemaal geen drinker en algauw zit hij in zijn ogen te wrijven en hardop tegen zichzelf te vloeken en hij merkt het niet als je een Post-it over het display van de kassa plakt om de onthullende cijfers te verbergen.

Het wordt voller en je slaat de bestellingen niet meer aan maar opent alleen de kassala om er wisselgeld uit te nemen; de binnenkomende bedragen noteer je op een kladblaadje. Je schenkt de tevreden bierdrinker een vijfde borrel en hij begint te vertellen over het stuk waar hij in speelt en vraagt je of je enig idee hebt hoe belastend het is om elke avond te moeten huilen. Je moet je naam voor hem opschrijven, zegt hij, dan zet hij je op de tien-procent-kortinglijst, en je bedankt hem. Nu komt Brent de ongelukkige uitsmijter even binnenlopen en je wijst de tevreden bierdrinker aan als een dronkaard met heimelijke plannen tot ordeverstoring. Brent knikt en neemt de tevreden bierdrinker bij de arm en zegt tegen hem dat het tijd is om te gaan, kerel. De tevreden bierdrinker vat het niet en begint te schreeuwen dat jullie geen idee hebben wie hij is en dat jullie er nog meer van zullen horen, dat hij zal zorgen dat jullie je baan kwijtraken, en Brent buigt zijn arm in een pijnlijke greep naar achteren en met een kreet geeft de man zich over en de lui die hun reclamespotje zitten te vieren hitsen de tevreden bierdrinker op, beschimpen hem en roepen van alles de donkere, hier en daar felverlichte ruimte in, en zodra Brent de man de deur uit heeft gewerkt pak je een rekenmachientje en telt het ontvreemde bedrag op en je bent onder de indruk van het totaal en je fluit tussen je tanden als je de biljetten wegstopt in je portemonnee.

Vertel wat Curtis recentelijk zoal is overkomen. Hij was een tijdje zoek en leek van de aardbodem verdwenen maar nu is hij er weer, en hij komt de halfvolle bar binnen in gewone burgerkleren, en aan het wiegelen van zijn hoofd zie je dat hij elders al gedronken heeft. Hij marcheert langs de tafeltjes en houdt voor je neus stram halt, salueert en verkondigt luid dat marinier derde klasse Curtis zich present meldt, sergeant! En jij, in de veronderstelling dat Curtis eindelijk een keer grappig doet, schenkt hem een whisky in, die hij in één teug achteroverslaat alvorens opnieuw te salueren, enzovoorts, en je zegt: 'Oké, nu is het wel leuk geweest', en hij verklaart dat hij helemaal geen grapjes maakt maar heeft *getekend bij het marinekorps*. Je vraagt of hij zich ervan bewust is dat er een oorlog aan de gang is en hij zegt jazeker, en dat hij eindelijk rust heeft nu hij weet dat hij zijn steentje bijdraagt, een formulering waar je hem met plezier om zou verdrinken, en je zegt tegen hem dat als hij bij de marine is gegaan onder het bloedige bewind van de huidige opperbevelhebber,

[178]

het er naar alle waarschijnlijkheid op uitdraait dat hij een beetje al te zacht rust, wat hij een smakeloze opmerking schijnt te vinden en dat is iets nieuws: Curtis die zich beledigd voelt door een flauwiteit van jóú. Om het goed te maken zeg je dat het vanavond tot sluitingstijd gratis drinken is en bij elke borrel die je hem aanreikt proost je op de goede afloop en hij drinkt de whisky maar blijft mokken over je tactloze opmerking. Ten slotte kietel je hem onder zijn weerzinwekkende, klokkende kin en zegt dat het allemaal heus wel zal meevallen, maar dat lieg je, en hij weet dat je liegt dat je barst.

Het is gratis drinken tot sluitingstijd maar al uren daarvoor is Curtis buiten westen. De kindacteur komt hem ophalen en je begroet hem als een oude bekende (waarom weet je niet). Je herinnert je de laatste keer dat je hem zag, toen de bar ontruimd werd en je hem in elkaar trapte; de kindacteur weet niet wat er die avond precies gebeurd is en wie zijn gezicht heeft vernield maar is zich er op een basaal niveau van bewust dat jij hem op de een of andere manier onvriendelijk hebt behandeld – hij reageert koeltjes en afstandelijk op je hallo's en wanneer je zegt hoe goed het is hem weer te zien laat hij alleen maar een boer. Nu worstelt hij om Curtis' lichaam de bar uit te krijgen; je kijkt toe hoe hij worstelt; Simon staat naast je. Simon heeft in zijn jonge jaren in het Zuid-Afrikaanse leger gediend en deelt je twijfels over Curtis' geschiktheid voor de oorlogsmachinerie. Terwijl jullie kijken hoe Curtis' voeten de deur uit verdwijnen draait Simon zich naar je toe en zegt: 'Die arme gozer heeft geen idee wat hem te wachten staat.'

'Voor mijn part sneuvelt-ie,' zeg je, en je sputter-lacht erbij want het is iets vreselijks om hardop ge-zegd te hebben en je hoopt het tegenover Simon als een grapje af te doen maar Simon staart je strak aan, en nu weet hij zeker wat hij al jaren vermoedde, na-melijk dat je een hatelijke trek in je binnenste hebt, iets dieps en duisters, en hoewel je het altijd verborgen hebt weten te houden is het nu onmiskenbaar aan het licht gekomen, en nooit zal hij meer die eerder ver-melde genegenheid voor je voelen, en je ziet de woor-den in zijn ogen verschijnen alsof ze gedrukt staan: ik ga zorgen dat jij hier ontslagen wordt, vriend.

CURTIS BLIJFT VIJF WEKEN WEG (de kindacteur blijft vijf weken weg) maar ze komen samen terug om zijn, hun terugkomst te vieren. Je hoort dat Cur-tis het bij de marine niet ver gebracht heeft, dat hij er in feite al tijdens de basistraining is uitgeschopt omdat hij niet recht kon schieten. 'Er is iets met mijn ogen. Die zeggen me dat ik erlangs moet schieten,' zegt hij. Hij schokt met zijn schouders en klemt zijn hand om het glas whisky dat je voor hem hebt neer-gezet en als je vraagt hoe het met zijn gevoelens gaat zegt hij wat hij altijd zegt over degenen die hem af-wijzen: 'Ze kunnen m'n rug op.' Maar je kunt zien dat zijn gevoelens gekwetst zijn en je bepeinst wat voor pijn iemand moet voelen die zo stom is dat hij in oorlogstijd door de marine wordt weggestuurd.

De kindacteur heeft inmiddels kennelijk uitgemaakt wat hij van je vindt en lijkt ook Curtis' mening te hebben vergiftigd, en je bent nog nooit zo verbaasd geweest als op het moment dat ze hun portemonnees trekken om hun drankjes te betalen. Verwachtingsvol wapperen ze met hun bankbiljetten en je hebt het gevoel dat je in de omgekeerde wereld terecht bent gekomen en je duwt het geld weg maar ze staan erop te betalen en Curtis kijkt je aan alsof je zijn persoonlijke onderdrukker bent en zegt: 'Afgelopen. Voortaan betalen we voor onze drankjes.' 'Oké,' zeg je op een toon van dan-moet-je-het-zelf-maar-weten en je zegt wat het rondje kost en ze kunnen hun schrik niet verbergen, want ze hebben al zo lang niet zelf betaald dat ze de prijs van goede Ierse whisky en importbier zijn vergeten. Ze leggen hun geld bij elkaar en betalen (geen fooi) maar je merkt dat ze bij het volgende rondje, dat ze bij Simon bestellen, om Pabst in blik en huiswhisky vragen, en je voegt je precies op tijd bij hen om met ze te klinken, alleen drink jij Jameson, die goudblond in het glas staat terwijl die van hen eruitziet en ruikt als vervuilde diesel. En je kijkt naar hun bevende kelen terwijl ze hun whisky naar binnen gieten en je ziet dat hun lichamen het smerige bocht willen weigeren maar ze werken de alcohol omlaag hun maag in en kijken elkaar aan en halen hun schouders op.

'Niet best maar zo slecht nou ook weer niet,' zegt de kindacteur.

'Niet best maar het kan erger,' stemt Curtis in.

Je drinkt je Jameson en je lijf verwelkomt het alsof het zonneschijn in een glas was. Curtis en de kindacteur kijken toe maar zeggen niets; ze schuiven een paar plaatsen op zodat ze dichter bij Simon zitten en in de loop van de avond merk je op dat die drie onder het praten vertrouwelijk naar elkaar toe buigen en dat ze hun blik vaak op je laten rusten: drie mensen die je ooit aardig vonden, maar nu niet meer.

VERTEL OVER JE VROUW. Ze belt je nooit terug en is naar Pasadena verhuisd om dichter bij een andere man te zijn, met wie ze nu samenwoont. Je zit in de bar naar de telefoon te staren en kijkt verstoord op als Merlin voor het eerst na het feestje/orgie/bloedbad bij Simon thuis binnenkomt. Hij heeft uitslag op de rechterkant van zijn gezicht en hij maakt een half-uitgehongerde indruk en je bent blij dat hij er zo slecht uitziet want je hebt de laatste tijd vaak akelig van hem gedroomd en een grondige hekel of haat tegen hem opgebouwd, en je vraagt je af of hij aan de drugs is of in zijn auto woont of een dodelijke ziekte heeft opgelopen of onder de boze betovering is geraakt van een collega-heks. Hij merkt je verheugde en nieuwsgierige uitdrukking op en is onaangenaam getroffen; hij komt voor je staan, legt zijn handen op de bar en zegt, nadat hij op adem is gekomen: 'Je blijft aan haar denken maar zij denkt niet aan jou. Ze is blij dat ze niet aan je denkt. Je belemmerde haar in haar leven. Pak je eigen leven weer op. Ze zal nooit meer aan je denken als het aan haar ligt.' De last van deze boodschap heeft hem uitgeput en moeizaam loopt hij naar de deur, iets voor zich uit mompelend over behoefte aan slaap en ontspanning.

Zijn woorden hebben je gekwetst en je zou Merlins gezicht met een mes willen openhalen omdat hij ze gezegd heeft maar hij is weg en nu zul je ermee moeten leven. Je belt je vrouw op haar nieuwe nummer en je hart zinkt je in de schoenen als op het antwoordapparaat een vreemde mannenstem klinkt, met het gelach van je vrouw op de achtergrond terwijl hij zijn humoristische we-zijn-er-even-nietboodschap inspreekt. Je hangt op en verplaatst je naar het whiskyassortiment en schenkt jezelf een klein glas Jameson in (je beperkt je tegenwoordig tot gemiddeld drie à vier kleine glazen per avond) maar het smaakt zo afschuwelijk dat je kokhalst, en je snapt er niets van want dit is je nog nooit gebeurd en je kijkt naar de fles en zegt tegen de naakte, damesachtige groenglazen schouders: 'Laat jij me nu ook al in de steek?'

Je hoort een schermutseling en geschreeuw op straat en je loopt de bar uit en ziet dat Merlin wordt meegenomen in een politieauto; hij kijkt recht voor zich en maakt niet de indruk verrast of verontrust te zijn. Junior staat aan de stoeprand te kijken terwijl de patrouillewagen invoegt in het verkeer. Je gaat op hem af om te vragen wat er gebeurd is en hij zegt: 'De t-t-teringlijer kwam de bar uit en begon te k-kotsen. T-t-trok zijn broek naar beneden en begon te p-pissen.' Junior wijst je de poeltjes braaksel en urine aan en je merkt op dat ook hij uitslag in zijn gezicht heeft en er vreselijk moe uitziet en het valt je in dat misschien wel deze hele buurt, deze hele akelige miniversie van Amerika en bloc aan het sterven is. Je oppert deze theorie tegen Junior maar het interesseert hem niet. Hij vraagt je om twintig dollar en je zegt nee en hij draait zich om en loopt weg. Hij heeft korstjes op zijn ellebogen en mist een schoen.

JE ONTVREEMD-GELDBERG is vijfenzeventig centimeter hoog en je doet er een hele aflevering van *Cops* over om het te tellen. Eerder die ochtend (je wordt tegenwoordig elke ochtend vroeg wakker, zonder kater, met een blij en helder gevoel in je hoofd) heb je in een kantoorboekhandel papieren bandjes gekocht en zag je het geld al in nette, knisperende pakjes voor je zoals in de bankroversfilms uit je jeugd, maar tot je teleurstelling zijn de biljetten gekreukt en gehavend en zien de pakjes eruit als kroeshaar in te strakke elastiekjes. Hoe dan ook, je hebt meer dan drieduizend dollar. Je hebt meer dan dit nodig maar niet heel veel meer; je wil weg bij de bar en alles achter je laten maar je kunt niet, nog niet; je wil zo snel mogelijk genoeg bij elkaar hebben want je hebt het idee dat de tijd die je nog bij de bar rest in zoverre beperkt is dat ze je binnenkort ofwel gaan ontslaan/laten arresteren ofwel zullen 'doodmaken'. Hoe ze je zullen 'doodmaken' weet je niet – er zijn heel veel manieren – maar één ding is zeker: ze hebben iets tegen je in de bar en ze willen je er niet langer bij.

Vertel over Sam, de zwarte cokedealer. Hij vindt je niet meer aardig. Hij heeft zijn kinderen bij zich en die vinden je ook niet aardig en nemen niets aan als je ze snoep of cocktailkersen aanbiedt. Vertel over Ignacio, die geen verhalen meer tegen je ophangt over de onwaarschijnlijke avonturen van zijn penis. Vertel over Raymond, die niet meer tegen je praat en wiens ranzige koffieadem je al in geen weken geroken hebt. Ze willen niet meer met je omgaan en tot je eigen verwarring voel je je net zo gekwetst als al die jaren geleden toen de jongens op school je nieuwe bal afpakten en jij met steentjes in het zand moest spelen. De whisky blijft branden op weg naar je maag en je merkt dat van alle flessen Jameson het zegel verbroken is. Je realiseert je dat het lege flessen zijn die iemand gevuld heeft met huismerk, met als vermoedelijke opzet je gevoelens te kwetsen (gelukt) en de bar geld te besparen, want als een werknemer steelt (zoals jij van stelen verdacht wordt) is er geen reden om hem van zijn voorkeursdrankje te voorzien, zeker niet als zijn voorkeursdrankje dure Ierse whisky is. De gedachte dat een volwassen man (je neemt aan dat het Simon is) dit smerige bocht door een trechter in een lege Jamesonfles staat te gieten stemt je treurig en je vraagt je af of hij zich er goed bij voelt of dat hij het zelf ook treurig vindt. Een week gaat voorbij, en nog een, en uiteindelijk biedt hij je niet langer met een verstolen grijns op zijn gezicht aan een glasvol van het spul voor je in te schenken.

Je besluit geen huiswhisky meer te drinken en koopt nu op weg naar je werk drie of vier vliegtuig- flesjes Jameson, die je gedurende de avond met klei- ne teugjes leegdrinkt in het volle zicht van de stam- gasten, die je treiterend vragen hoeveel die wel niet kosten, waarop je antwoordt dat het niet uitmaakt want tenslotte betaal je ze niet zelf. Wie betaalt ze dan? willen ze gretig weten. Maar je bent niet kwaad genoeg om de vraag eerlijk te beantwoorden. 'Ik laat mijn vijanden betalen,' zeg je, en ze kijken elkaar aan en zeggen: oooo.

LANCER DUIKT EVEN OP uit de gemoedelijke hel van de semisuccesvolle Hollywoodacteur/-scenarist om een bezoekje te brengen aan zijn vroegere col- lega's. Zijn komst naar de bar is voor hem een bijzon- dere gebeurtenis, al snap je niet waarom want hij is hier maar een paar maanden geweest, maar als hij door de voordeur komt binnenhuppelen gedraagt hij zich alsof hij een stel geliefde schoolkameraden terugziet op een tienjaarlijkse reünie. Hij heeft een verzameling mensen bij zich die eruitzien alsof ze door buitenaardse wezens zijn gefabriceerd. Hij stelt ze aan je voor en ze beweren dat ze van alles over je hebben gehoord, en ze glimlachen stralend naar je en je snapt niet precies waarom maar na een tijdje wordt duidelijk dat Lancer ze verteld heeft over je ta- lent om jezelf onklaar te drinken. Zijn donkerblonde haar is gebleekt en hij is diep gebronsd; hij heeft een rol als gevatte zwembadschoonmaker in een pilot voor een tv-serie, vertelt hij. Je vraagt of hij het naar zijn zin heeft en hij antwoordt door naar de borsten van zijn nieuwe vriendinnen te wijzen. Je vraagt of het een beetje een goede rol is en hij zegt dat de kwaliteit van de serie er niet toe doet – hij heeft werk als acteur in Hollywood en dat is zoiets uitzonderlijks dat hij nog de rol van een zingende hoop stront zou aannemen als hij daarmee uit bars als deze vandaan kon blijven. 'Het lijkt anders alsof je het fantastisch vindt om hier terug te zijn,' zeg je.

'Alleen omdat ik niet terug hóéf,' zegt hij. 'Ik bedoel, voor jou ligt het natuurlijk anders – je hebt je baan, je hebt je vrouw, je hebt vast een stel kinderen, ja toch? Jij bent tevreden met huisje-boompje-beestje, maar ik heb mijn dromen, weet je. Grote dromen. En daar komt niets van terecht in een tent als dit.'

Lancer zegt dat zijn pilot binnenkort wordt uitgezonden en hij dan een fuif geeft in zijn nieuwe huis in de heuvels en hij vraagt of je zin hebt om te komen, en je denkt je in hoe verschrikkelijk een feest in Lancers huis met Lancers vrienden en Lancers muziekkeuze moet zijn en zegt dat je er vast en zeker niet zult zijn en Lancer, die dit antwoord heeft verwacht, lacht en zegt tegen zijn vrienden dat je hem 'er eentje bent'. Hij wendt zich weer naar jou en vraagt met een hoogst ernstig gezicht: 'Kijk je dan thuis? Kijk je dan thuis en juich je voor me?' En hoewel je weet van niet zeg je hem van wel, en dit betekent zo veel voor hem dat je hart een beetje breekt, en je wenst Lancer succes in het rare wereldje waarin hij zich heeft begeven en hij omhelst je en bedankt je en bij het afscheidnemen drukt hij je een briefje van honderd in de hand, wat je beschaamd maakt, maar hij zegt dat er niets is om je voor te schamen en je stopt het geld in je zak en loopt met hem mee naar de deur. Hij en zijn vrienden gaan door naar een andere, hippere bar, zegt hij, een bar aan de Strip, en jij doet alsof je kokhalst en hij knipoogt en glimlacht en gooit je een pepermuntje toe en weg is hij. Dit is de laatste keer in je leven dat je Lancer ziet.

Je voelt het briefje van honderd in je broekzak en je krijgt een ingeving, en wel deze: je gaat de bar weer binnen en loopt op Simon af, overhandigt hem het geld en zegt dat je het op de grond hebt gevonden. Gezien zijn verdenkingen over je morele ruggengraat is dit wel het laatste wat hij van je verwacht, en je ziet zijn hersens werken om uit te vinden wat hierachter steekt, maar uiteindelijk besluit hij dat er niets achter steekt – hij gelooft dat je het biljet van honderd dollar hebt gevonden en ingeleverd terwijl er geen haan naar gekraaid zou hebben als je het in je zak gestoken had. Wanneer aan het eind van de avond niemand het geld is komen opeisen besluit Simon het met je te delen, en hij zegt dat zijn vertrouwen in jou hersteld is en jij zegt dat je daar blij om bent. Hij zegt dat hij spijt heeft van wat hij allemaal tegen de eigenaars over je heeft gezegd en jij zegt: wat? Hij zegt dat hij ze de volgende ochtend zal opbellen en het allemaal zal terugnemen en jij zegt: wat allemaal? En je bent zo nieuwsgierig naar de gemene dingen die hij achter je rug over je heeft verteld dat je eventjes je act vergeet, en je opent je portemonnee om je vijftig dollar weg te stoppen en Simon ziet hoeveel geld erin zit en dat het er haastig en slordig in is gepropt, en het is helemaal niet logisch dat je honderden dollars bij je hebt want je hebt de afgelopen drie dagen niet gewerkt en hij heeft je laatst nog tegen een bezoeker horen klagen dat je zo krap zit nu je vrouw weg is en je de huur in je eentje moet opbrengen. Dus neemt Simon, die er nu zeker van is dat je een dief bent, de vijftig dollar terug en stopt ze in de kassa, en zijn ogen zwemmen in de wodka en coke en je bent bang dat hij je met zijn koude Zuid-Afrikaanse handen een dreun gaat verkopen maar hij draait je alleen in de richting van de deur en zegt dat je naar huis moet gaan en een beetje moet slapen en je afspraken voor de volgende dag moet afzeggen want je zult een belangrijk telefoontje krijgen, een telefoontje dat je niet graag zou missen, maar mocht je het toch missen dan weet het je te vinden, dat wil zeggen: je zult een telefoontje krijgen met zo'n belangrijke mededeling dat die je langs welke weg dan ook zal bereiken.

VERTEL OVER HET WONDER dat de volgende dag in je leven komt als de telefoon gaat en het is de stem van de vrouw van de eigenaar maar ze ontslaat je niet en valt je niet lastig met praatjes over politie en gevangenis zoals je verwachtte, maar deelt je hortend en snikkend mee dat haar man die nacht is overleden aan een massief hartinfarct. Ze zegt dat er over twee of drie dagen een besloten wake zal zijn in de bar en dat het zal zijn als in de goeie ouwe tijd, wat je niet begrijpt want over welke/wiens goeie ouwe tijd heeft ze het? Ze zegt dat ieder van de aanwezigen, als hij of zij daar behoefte aan voelt, een paar woorden ter nagedachtenis aan de overledene kan uitspreken, misschien een dierbare herinnering of twee kan op- halen, en jij zegt dat je misschien iets zult zeggen maar dat je de eigenaar niet zo vaak hebt meege- maakt en je vraagt je af (bij jezelf) of je de herinne- ring moet ophalen aan de keer dat hij een wind liet in de opslagruimte maar zich niet verontschuldigde of er zelfs maar voor uitkwam. Of moet je de keer beschrijven dat hij in het kantoortje uit zijn neus zat te vreten en dat je zei smaakt het een beetje en dat hij zei voortreffelijk? De vrouw van de eigenaar zegt dat ze de barmedewerkers stuk voor stuk als familie beschouwt en jij zegt: o ja? Ze zegt dat ze wil dat je weet dat de eigenaar persoonlijk op je gesteld was en jij zegt: o ja? Ze zegt dat ze weet dat jij ook erg op hem gesteld was en je reageert niet in woorden maar maakt een neutraal geluid waarvan ze gelukkig niet naar de betekenis vraagt, en het gesprek gaat weer over op praktische zaken.

Ze zegt dat ze Simon heeft gesproken over zijn ver- denking dat jij een dief bent, en ze vraagt je wat je daarop te zeggen hebt. Als je niet antwoordt vraagt ze of je de laatste tijd iets vreemds hebt gemerkt aan Simons gedrag, en hoewel dat niet zo is zeg je ja. Ze zegt uit betrouwbare bron te hebben vernomen dat zijn cokeverbruik de laatste tijd is verdubbeld en je ziet plotseling licht aan het eind van de tunnel en zegt: verdriedubbeld, vervierdubbeld, en ze zucht en zegt droevig: aha. Ze informeert naar je overvolle portemonnee en je verzint ter plekke een voortreffelijke leugen over je aanstaande ex die haar aandeel in jullie gezamenlijk aangekochte verdeelde boedel contant heeft afgekocht en zij, de vrouw van de eigenaar, ooit ook een gescheiden vrouw en nu een weduwe, verontschuldigt zich dat ze erover is begonnen en schuift alle praatjes en verdenkingen op conto van Simons drugsgerelateerde overprikkelde paranoia. Je wuift haar verontschuldiging weg en zegt dat je nu alleen maar denkt aan haar en haar rouwende familie, een leugen die ze waardig accepteert en voor waar aanneemt en ze bedankt je, maar ondanks alle grote woorden die heen en weer vliegen (haar man 'had maar één leven te leven', hij 'speelde om te winnen', 'vatte de koe bij de horens', 'werkte tot hij erbij neerviel', enzovoorts) klinkt de vrouw van de eigenaar niet heel erg ondersteboven van de dood van haar partner en sterker nog, aan het eind van jullie gesprek geeft ze een geforceerd, deerniswekkend lachje bij de gedachte dat ze de hele verdere dag aan de telefoon zal doorbrengen om loftuitingen en verdriet en betuigingen van medeleven te vergaren, sommige gemeend, andere niet. Ze bedankt je nogmaals en zegt: 'Tot ziens bij de wake', en dat ze tegen die tijd de kwestie Simon wel opgelost zal hebben, hoe dan ook.

[191]

ALS JE OP DE AVOND van de wake aankomt om klaar te zetten is er niemand in de bar maar je ziet dat er een soort altaar is ingericht ter ere van de dode eigenaar. Het altaar is een vouwtafel en je kijkt neer op de uitgestalde voorwerpen, voorwerpen bedoeld om dierbare herinneringen op te roepen, voorwerpen die getuigen van de interesses van de overledene: hamburgers, alcohol, cocaïne en sigaretten. (Aan de muur is een poster van een palmboom geprikt.) Het is een treurige verzameling maar meteen wijs je jezelf erop dat de inhoud van jouw altaar evenmin erg verheffend zou zijn en je vermaant jezelf om je onaardige gedachten op afstand te houden. (Wanneer de gedachten terugkomen negeer je ze of probeer je ze te negeren.)

Vertel over je vrouw. Ze belt naar de bar en zegt dat ze met je moet praten over het doorzetten van de echtscheiding, een woord dat aankomt met de kracht van een tastbaar voorwerp, en plotseling ben je je gehoor kwijt en hoewel je dit bericht allang verwachtte verlamt het je, en je vrouw reageert bezorgd op je niet-reageren en roept je naam, geagiteerd en door schuld gekweld. Even later komt je tong los en blijk je weer in staat tot spreken en communiceren, al is je stem verstikt en klinken je woorden pathetisch en verloren. Ze begint te huilen en dan te vloeken omdat je haar aan het huilen maakt, ook al doe je niets anders dan de pijnlijke informatie in je opnemen, en ze herinnert je aan je vreselijke gedrag en hoe slecht je haar hebt behandeld toen jullie samen waren en ze zegt: waarom konden we niet eerder zo met elkaar praten? En je weet dat het verkeerd is dat je pas naar haar verlangt nu ze weg is, en je haar als jullie weer samen waren al snel weer zou verwaarlozen, en je bedenkt wat een verraderlijk ding je hart is, en voor het eerst vraag je je af of je niet eigenlijk steeds jezelf hebt dwarsgezeten.

Je zegt tegen je vrouw dat ze alle afschuwelijke papieren die ze bij elkaar kan krijgen maar naar het adres van je ouders moet sturen. Ze vraagt waarom en je zegt dat je er een tijdje tussenuit gaat. Ze vraagt waarheen en je zegt dat dat nog niet vaststaat, en je wenst haar veel geluk met haar lolbroek van een vriend en al zijn toekomstige grappen en zij zegt: hé, hé, wacht-es even. Je trekt de telefoonstekker uit de muur, wikkelt het snoer om het toestel en laat dat in de vuilnisbak vallen.

Om negen uur komt Simon opdagen, zijn gezicht rood van de alcohol. Hij ontdekt de telefoon in de vuilnisbak en haalt hem er zonder een woord te zeggen uit, wikkelt het snoer los en sluit hem weer aan. Er is nog steeds niemand en je bent alleen met hem maar hij weigert je aan te kijken en opnieuw ben je bang dat hij je tegen de grond zal slaan – het is voor het eerst in zes jaar dat je hem beneveld op het werk ziet verschijnen. Hij drinkt de ene borrel na de andere en is duidelijk uit zijn doen maar als je hem vraagt wat er is geeft hij geen antwoord. Er komen twee klanten binnen, die zich beklagen over de ijzige temperatuur in de ruimte. Simon deelt ze mee dat er die avond een besloten bijeenkomst is, en of ze maar willen vertrekken. Als ze weg zijn spreekt Simon je eindelijk aan. 'Ze zegt dat ik moet afkicken of anders ben ik mijn baan kwijt, vriend.'

'Wie zegt dat?' vraag je.

'Je weet heus wel wie,' zegt hij. 'En ik moet de helft zelf betalen. Achtduizend.'

Je hebt hier met de beste wil van de wereld geen commentaar op. Als hij vraagt wat jij aan de vrouw van de eigenaar hebt verteld, zeg je: 'Ik heb haar gezegd dat ik geen dief ben. Ze had gehoord dat je nogal wat coke gebruikte en ik heb gezegd dat dat klopte.'

Simon knikt. Je hebt het idee dat hij op het punt staat in huilen uit te barsten. In elk geval trilt zijn onderlip. 'Dus van nu af is het ieder voor zich,' zegt hij.

'Het is altijd ieder voor zich geweest.'

'Niet altijd,' zegt hij. Je bent verbaasd over de huivering van emotie die je over Simons huid ziet trekken; je bent ontroerd als hij een nieuwe fles Jameson tevoorschijn haalt, echte Jameson, die hij een tijdje terug heeft verstopt. Hij verbreekt het zegel en schenkt je een fikse borrel in, een driedubbele, en zichzelf ook, ondanks het feit dat hij pal daarvoor nog tequila dronk.

'Ik doe alleen maar mijn best om hier weg te komen,' zeg je, bij wijze van verontschuldiging.

'Laat maar,' zegt hij. 'Hier, proost!' En hij klinkt met zijn glas tegen het jouwe en slaat de whisky in twee pijnlijke slokken naar binnen. Jij drinkt de jouwe en draait je om om de eerste rouwklagers te begroeten; op een rijtje komen ze de bar binnen als naoorlogse soldaten.

VERTEL OVER DE DRONKEN VROUW met de bont-jas en de uitgesmeerde lippenstift. Ze is familie van de dode eigenaar of een vriendin van de familie en ze is kwaad over zijn verscheiden. Als je vraagt of je haar mantel kunt aannemen is ze verontwaardigd en slist je toonloos toe: 'Poten thuisj, mop', dus je houdt je handen bij je en verontschuldigt je om met Simon nog een borrel te nemen. Jij en Simon zijn nu 'kameraden door dik en dun', alsof jullie op de sabel geduelleerd hebben en allebei gewond zijn geraakt maar geen van beiden gedood zijn. Hij zegt dat hij respect voor je heeft en jij zegt dat je respect voor hem hebt en hij liegt en jij ook. Hij is nu heel dronken en Sam de cokedealer is laat en telefonisch niet bereikbaar. Je vertelt Simon over het bergje coke op het altaar en met een knipoog zwalkt hij naar het achterzaaltje. De dronken bontmantelvrouw aan het uiteinde van de bar wenst bediend te worden en je draait je om en kijkt in haar waterige ogen en ze zegt: 'Hiero, mop, deesje dame wil iets besjtellen.' Je gaat naar haar toe; ze trommelt met haar vuisten op de bar en haar haren hangen voor haar ogen en in weerwil van jezelf glimlach je om haar uiterlijk en uitmonstering. 'Sjpesjaalteit van 't huis?' vraagt ze. Je vertelt haar dat er een aanbieding van twee-voor-de-prijsvan-één is voor alcoholvrij bier, één bestelling per klant, en ze schudt haar hoofd en prikt een vinger in je richting en kijkt om zich heen om haar misnoegen met iemand naast haar te delen (maar er is niemand naast haar). 'Geinponem,' zegt ze. 'Jij bent een echte geinponem, hè? Ik vraag 't nog één keer, mop. Wa's hier de sjpesjaalteit? Van 't huis? Voel je wel?' En jij besluit om de avond van dit vreselijke mens te verpesten en zegt langs je neus weg: 'Long Island iced tea is wel lekker.'

'Wat?!' zegt ze. 'Thee? Ik moet geen thee. Ik wil 'n cocktail!'

Je verzekert haar dat het een cocktail is, en ze vraagt of-ie sterk is. Als je ja zegt bestelt ze er twee en je begint meteen ze te mixen, in grote bierglazen: huiswodka, huistequila, huisrum, huisgin, triple sec, sweet-and-sour, afgemaakt met een scheutje cola. Ze spert haar mond wijd open om het rietje te pakken te krijgen, neemt een lange teug, smakt met haar lippen en knikt goedkeurend. 'Best goed hé, mop,' zegt ze. Ze heeft het glas in drie minuten leeg en wankelt met het tweede in haar hand het achterzaaltje in, dat nu bijna vol is met rouwklagers.

De vrouw van de eigenaar komt naar je toe en nodigt je uit een drankje met haar te nemen, dus dat doe je. Ze is in het zwart en de ene na de andere rouwklager komt op haar af; ze zeggen hoe verdrietig ze het vinden en memoreren hoe bijzonder haar man was en dat het leven een tranendal is, zowel voor de levenden als voor de doden. Ze zucht en biedt je nog een drankje aan maar je bent het niet meer gewend en je hoofd begint al te tollen en het is pas halfelf dus je slaat het af en zij drinkt in haar eentje. Simon voert inmiddels niets meer uit en jij en de vrouw van de eigenaar houden hem door de deuropening in de gaten. Hij staat luidkeels een zogenaamd grappig verhaal te vertellen maar niemand luistert en als hij dat doorheeft sluipt hij met een behoedzame blik over beide schouders op het altaar af. Je probeert de aandacht van de vrouw van de eigenaar af te leiden maar ze laat zich niet afleiden en kijkt toe hoe Simon zijn pink nat likt, in het bergje cocaïne doopt en over zijn tandvlees wrijft. Ze wendt zich naar jou en zegt: 'Niet te geloven dat ik me de hele dag schuldig heb gevoeld dat ik die klojo heb weggestuurd om af te kicken.' Ze vraagt om nog een cocktail en je mixt er een voor haar. Je vraagt of er deze avond een uitzondering wordt gemaakt op het geen-gratis-drankbeleid, erop wijzend dat diverse mensen verontwaardigd waren bij het idee dat er aan een wake geld zou worden verdiend, en ze haalt haar schouders op en zegt dat het haar niet kan schelen, geef het allemaal maar weg, maar alleen vanavond dan. Ze buigt zich naar je toe en zegt dat ze naar huis gaat, en je steekt je hand uit zodat ze die kan schudden en ze trekt je naar zich toe en geeft je een kus op je wang. Ze vertrekt door de zijdeur, werpt je nog even een glimlach toe en jij peinst over haar parfum en het gebrek aan gevoelens in haar hart voor haar dode echtgenoot. Ze zag er prachtig uit in haar rouwjurk, besluit je.

In het achterzaaltje zingt Simon een popnummer uit de jaren tachtig. Iemand roept om stilte en Simon schreeuwt: 'Krijg de klere!' en je constateert dat jij vanavond de leiding in handen zult hebben, een feit dat een bijzonder en ongewoon plan in je brein geboren doet worden, een plan dat alle plannen in de schaduw stelt, zogezegd, en je haast je naar de heren-wc en dwingt jezelf om te braken en daarna schenk je jezelf een cola in en petst jezelf op de wangen om je hersens wakker te maken zodat je dit plan met een minimale foutmarge ten uitvoer kunt brengen. 'Nú,' zeg je tegen de massa hoofden en lijven. De bar is stampvol en ze staan in rijen voor de deur en roepen om drank, medeleven, drank, sigaretten, drank.

JE DEELT GEEN GRATIS DRANK UIT maar rekent de volle prijs, waarbij je beweert dat dit de wens van de weduwe is, en bovendien zeg je tegen de rouwklagers dat het creditcardapparaat het niet doet en dat er dus alleen contant kan worden afgerekend. Hierover ontstaat enig rumoer, omdat het een besloten avond is en de overledene het vast niet zo had gewild, maar je beweert tegen degenen die protesteren dat de weduwe buiten zichzelf is van verdriet en dat haar instructies zeer expliciet waren en dat ze heeft gezegd dat je de laan uit zou vliegen als je je er niet aan hield, en je zegt tegen de rouwklagers dat het je spijt maar dat je aan handen en voeten gebonden bent, en je steekt je handen en voeten uit om dit te benadrukken, en dan grijpen ze kwaad naar hun portemonnee maar hun kwaadheid is niet tegen jou gericht of althans niet alleen tegen jou.

Je plakt een Post-it over het display van de kassa met daarop de tekst *Over de doden niets dan goeds, dus niet zeuren.* Je hebt de eigenaar nooit gemogen, zijn Mercedes niet, zijn schilferige kale plek niet, de manier niet waarop hij met zijn zwaar beringde hand een klap op je rug gaf als hij je begroette. Je bent blij dat hij dood is; je hoopt dat de bar ook een snelle dood te wachten staat en er bekruipt je een fantasie dat je de weduwe gaat opzoeken en haar het hof maakt en, zodra je je toegang hebt verschaft tot haar hart, met grote ernst en toewijding iedere cent gaat uitgeven die ze in haar weduwekluis vol eenzaam, zielig bloedgeld bewaart. (De Post-it ontlokt enkele vragende opmerkingen maar verbazend weinig qua woede of vijandigheid.)

Simon is in een vlaag van proletarisch plichtsbesef weer aan het werk gegaan maar is niet tot efficiënt werken in staat en loopt je alleen maar voor de voeten. Sam is nog steeds spoorloos en het beetje cocaïne dat Simon heeft gesprokkeld door zijn pink in het bergje van de dode eigenaar te dippen heeft hem niet op scherp gezet of zijn scherpe kantjes eraf gehaald of hoe je dat ook zegt en hij doet zijn best om te doen alsof alles gaat zoals normaal maar hij kan de shaker niet shaken zonder hem uit zijn handen te laten vallen en hij kan niet vatten waarom het creditcardapparaat het niet doet (je hebt de stekker

uit het stopcontact getrokken) en hij kan niet peilen wat dat raadselachtige briefje op de kassa te be-
tekenen heeft en lijkt er zelfs een beetje bang van te
zijn en is één stotterend, stumperend hoopje ellende.
Ten slotte komt hij naar je toe en vraagt wat er verdomme aan de hand is en ligt het aan hem of is alles
vanavond raar en onaardig en verkeerd? Je zegt dat
je het best in je eentje aankunt en dat het beste wat
hij kan doen is naar huis gaan en zijn kussensloop
onder kotsen of anders toezicht houden op de wake
en de orde bewaren, en je wijst naar het achterzaaltje
waar de rouwklagers steeds dronkener en luidruch-
tiger en doller worden maar Simon werpt een blik
de donkere ruimte in en zegt: 'Wat kunnen mij die
mensen schelen?' En dan tegen zichzelf: 'Achtduizend, goddomme.' Zijn gevoelens doen pijn zoals
de jouwe al die tijd al pijn doen en je bedenkt dat je
hem emotioneel tegemoet zou moeten komen, want
jij en Simon zijn slechts pionnen in dit radeloze cir-
cus van winstgevende leverbeschadiging/zelfmoord
tot diep in de nacht, maar als je Simon een gerust-
stellend klopje op zijn arm geeft en hierover begint
houdt hij zijn hoofd schuin (zodat zijn fraaie kaak-
lijn in het zicht komt) en zegt dat hij niet van plan is
zijn kussensloop onder te kotsen, helemaal niet van
plan is te kotsen, en dat hij doodziek is van 'altijd die
maffe woordkeus van jou', zoals hij het zegt, en hij
haalt voor de spiegel achter de bar een kam door zijn
haar en beent het achterzaaltje in en met een menge-
ling van ontzag en meelij zie je hem voor het bergje

cocaïne van de overledene op zijn knieën vallen en het doodleuk opsnuiven. Het achterzaaltje valt stil, en even later zie je twee lijven zich aan weerskanten van Simon wringen, eveneens op hun knieën, elkaar verdringend in de hoop ook nog iets binnen te krijgen – het zijn Curtis en de kindacteur, en je vindt het tafereel zo intens, zo intens en aangrijpend en ijselijk, dat je bestellingen wegwuift en een luidruchtig groepje rouwklagers naast je tot stilte maant om je met alle aandacht en belangstelling op het gebeuren te kunnen concentreren.

JE HEBT VERSCHRIKKELIJK behoefte aan een borrel en de ene na de andere bezoeker biedt je een drankje aan maar je weerstaat de verleiding want één: je moet het bedrag van je snel aangroeiende voorraad ontvreemd geld bijhouden en twee: je wil je deze avond later kunnen herinneren, die zoals je je plotseling realiseert je laatste hier zal zijn. De Juffen zitten aan de bar en hebben het over het incident met het bergje coke. Ze vinden het walgelijk en je hoort een van hen de verbazend krasse uitspraak doen dat de dood tegenwoordig niks meer betekent.

'Welke idioot legt er trouwens cocaïne op zijn altaar?' vraagt ze voor zich uit.

'Wat je zegt,' zegt de ander. En dan: 'Maar dat heeft hij natuurlijk niet zelf gedaan.'

'Nee,' stemt de eerste in. 'Maar je snapt wat ik bedoel.'

Simon, Curtis en de kindacteur zitten aan de bar

en hebben het over jou, wijzen naar je, loeren naar je. Geen van drieën glimlacht en ze hebben het er overduidelijk over gehad dat ze je de laatste tijd helemaal niet meer aardig vinden, en Simon heeft zijn verhaal gedaan over dat jij de vrouw van de dode eigenaar hebt verteld over zijn cocaïneverbruik en nu hoor je ze jou een rat en een jakhals noemen en je loopt naar ze toe en zegt: drie kleine beertjes, drie kleine biggetjes, waarop ze niet reageren. Zo hopen ze je te intimideren, veronderstel je. Ze zitten te sippen, en je vraagt je af hoe erg de coke op het altaar versneden was of misschien was het wel helemaal nep, want ze lijken je gewoon dronken. Ze hebben het er zelf over: 'Voel jij al iets?' vraagt Curtis. 'Ik voel niks. Voel jij al iets?' vraagt de kindacteur. Simon is stomdronken en totaal in de war, en je raadt hem nogmaals aan naar huis te gaan en de hele verdere nacht en de volgende dag te braken en ziek te zijn. 'Zet het uit je systeem,' zeg je. 'Aan die twee hier heb je toch niks.'

'Zoals ik aan jou wat gehad heb?' zegt hij.

'Juist,' zegt de kindacteur.

'Juist,' zegt Curtis.

'Juist,' zeg je, en je geeft het op, want wat kan het je schelen of deze drie je niet aardig vinden? Maar als je je omdraait besef je met een schaamteschok dat het je wél kan schelen. Waarom? Het is gewoon zo. Je wil ze niet aardig vinden; je kunt ze niet aardig vinden – ze zijn niet aardig – maar je wil dat ze jou wel aardig vinden, of doen alsof ze je aardig vinden, zoals eerst.

Het zal wel komen door een of andere zieke, antimorele conditionering, concludeer je.

Je loopt naar het andere eind van de bar en belandt bij de vrouw in de bontjas. Met haar lege bierglas in de hand en één oog dichtgezakt haalt ze haar schouders op tegen Junior de crackverslaafde, die bij jouw weten nog nooit in de bar is toegelaten en wiens kolossale gestalte hierbinnen volkomen misplaatst aandoet – een aanslag op je gevoel voor esthetica, zoiets als een gorilla in een luxe slee. Junior kijkt op en zijn gezicht zit onder de korstjes en hij krabt eraan. Hij pulkt een grote korst los en je ziet de vochtige wond eronder. Zijn ogen pulseren van de slechte drugs en hij lijkt je niet te herkennen. Hij zit, maar hij steekt uit boven degenen die om hem heen staan. 'Hé gast,' zegt hij, terwijl hij met zijn vingers knipt. 'Eén cola-tic hierzo. En vraag d-deze dame wat ze wil drinken.'

'Junior, hoe kom jij hier binnen?' vraag je.

'Ik ben gewoon naar binnen gewandeld,' zegt hij, en zijn gezwollen vingers maken een loopbeweging. Hij steekt je een waaier dollarbiljetten toe. 'Wat zeur je, deugt mijn p-p-p-p-p-poen soms niet?'

'Nog 'n thee,' zegt de vrouw in de bontjas.

Je loopt naar buiten voor een sigaret en ziet dat Brent niet bij de deur staat en dat zijn auto weg is. De mensen stromen nu de bar binnen en er is nauwelijks ruimte om je te bewegen. Mensen schreeuwen en slaan op de bar om bediend te worden. Buiten op de stoep laten rouwklagers hun tranen de vrije loop, hun gezichten glimmend onder de straatlantaarns. Je zult er nooit achter komen waarom Brent is verdwenen of waarheen; je zult hem nooit meer terugzien. Als je je omdraait om weer naar binnen te gaan zie je aan de overkant een lichaam op de stoep liggen, voor het verschrikkelijke gebouw dat mensen uitbraakt, en bij die aanblik beginnen de wondjes op je handen te schrijnen. Prompt begint je kin te trillen en je maakt aanstalten de rouwklagers te vertellen dat er alweer iemand zelfmoord heeft gepleegd, maar dan gaat er een rilling door het lichaam en het staat op en loopt weg, maar om de een of andere reden voel je je hierdoor niet opgelucht, alleen maar verward en eenzaam. Je handen schrijnen nu dubbel zo erg en je bekijkt ze, al die kleine sneetjes in je handpalmen en vingerkussentjes, en je denkt aan het spelletje dat je altijd deed, dat je je wondjes en sneetjes telde in het afwaswater. Waarom ben je daarmee opgehouden? En wat was het woord ook weer dat de spookvrouw noemde, dat woord dat je niet kende maar dat zij in je hoofd stopte om in het woordenboek op te zoeken? En waar is ze eigenlijk gebleven? Worden spoken weggevoerd als het hun tijd is of wéten ze gewoon wanneer het zover is en gaan ze vanzelf?

'Nog 'n ijsthee,' herhaalt de dronken vrouw als je weer binnenkomt.

'Cola-tic, gast,' zegt Junior.

Je maakt hun drankjes klaar en Junior overhandigt je zijn dollarbriefjes en wil het wisselgeld terug, alleen is er geen wisselgeld en komt hij in feite zeven dollar te kort, wat je hem vergeeft, maar hij is verbolgen over de prijs van de drank en sputtert tegen wanneer je zegt dat alleen het drankje van de bontmantelvrouw al tien dollar kost.

'Voor thee?' vraagt hij. 'Tien dollar voor een glas thee?!'

De bontmantelvrouw smakt met haar lippen. 'Iedere cent waard,' zegt ze. 'Je hebt 'n ander mens van me gemaakt, mop. Voor mij van nu af alleen nog maar ijsthee.'

Maar Junior vergeeft het je niet. 'Tien dollar,' zegt hij hoofdschuddend. Hij leidt de bontmantelvrouw naar het achterzaaltje, moet bukken om onder de deurpost door te kunnen. Als je bestellingen aan het inschenken bent zie je in de spiegel dat Ignacio zich bij Simon en de anderen heeft gevoegd. Hij trekt een stiletto en maakt steekbewegingen naar je rug en het groepje lacht. Je draait je om en hij futselt het mes in zijn mouw en kijkt je verachtelijk aan. 'Wat kijk je nou?' vraagt hij.

'De vijandigheden zijn zo te zien geopend,' antwoord je hem.

'En wat dan nog?' vraagt hij, zijn arm beschermend om Simons schouder geslagen.

Je buigt je naar hem over. Je gevoelens zijn diep en waarachtig gekwetst. 'En dan te bedenken dat ik al die tijd braaf naar je praatjes heb geluisterd,' zeg je tegen hem. En een fractie van een seconde pendelt er heuse menselijke emotie tussen jullie tweeën heen en weer, en je ziet dat hij het half en half betreurt dat hij is meegegaan met het groepsbesluit om jou dood te verklaren. Maar dan herstelt hij zich en hervindt zijn animositeit. 'Lazer op,' zegt hij, en hij wuift je met zijn hand naar achteren. 'Ga iemand anders lastigvallen, iemand die het wat kan schelen.' Voortreffelijk advies, denk je, en je kijkt om je heen op zoek naar zo iemand, en als je hem/haar niet vindt besluit je dat het moment is aangebroken om de bar te verlaten en nooit meer terug te komen. Maar je kunt niet weg zonder je ontvreemde geld mee te nemen en je kunt je ontvreemde geld niet meenemen zolang die vier daar aan de bar je in de gaten houden. Nu komt Raymond hun gelederen versterken. Hij trekt een stapel servetjes naar zich toe, plukt een pen uit zijn ART-SAVES-LIVES-T-shirt en begint te tekenen, nu en dan naar je opkijkend als om hatelijke inspiratie op te doen.

Een fantastische ingeving: je doet alsof de telefoon gaat en snelt ernaartoe om op te nemen. Je draait je om en kijkt deze vijf lijkenpikkers aan met een blik van toenemende bezorgdheid. Je dekt je oor af alsof de muziek en het rumoer in de bar je hinderen het gesprek te verstaan, en hard genoeg om gehoord te worden roep je uit: 'Nu? Je komt er nu aan? Nee, Simon is op de wc. Dronken? Nee, hij heeft een paar borrels op. Maar dronken, nee. Ik zal hem zeggen dat je onderweg bent. Oké. Ik zal het hem zeggen. Ja. Tot zo.' Je hangt op en ziet dat de groep je nauwlettend observeert en je gaat naar ze toe en deelt ze je verzonnen nieuws mee, te weten dat de vrouw van de eigenaar heeft gehoord dat Simon te dronken is om zijn werk te doen, en dat ze dodelijk verontwaardigd is dat hij uitgerekend de avond van de wake voor haar man heeft uitgekozen om zijn plichten te verzaken. Ze is op weg hierheen, zeg je, en als ze merkt dat hij erger dronken is dan gewoonlijk – te dronken om zijn werk te doen dus – trekt ze haar aanbod om zijn kuur gedeeltelijk te betalen en zijn baan voor hem vast te houden tot hij is afgekickt in en ontslaat ze hem op staande voet. Nu is de groep in verwarring over de te volgen gedragslijn. Simon praat en jullie luisteren en het klinkt alsof hij denkt dat 'het lied uit is' maar als je hem vraagt dat stroperige cliché te herhalen besef je dat hij zegt: 'Even dit lied uit horen.' Hij zegt dat het nummer hem doet denken aan een bijzonder meisje, een meisje van lang geleden, een meisje dat er met zijn hart vandoor ging, en hij steekt van wal om haar fysiek te beschrijven ('Tieten zó uit de *National Geographic*') maar dan komt Sam de cokedealer aangelopen en wordt verbaal mishandeld om zijn lange uitblijven bij zo'n cruciale gelegenheid als vanavond. Als verklaring voor zijn laatkomen voert Sam twee redenen aan, namelijk zijn bedroefdheid om de dood van zijn oude vriend de eigenaar en ten tweede een of ander vaag incident van gewelddadige aard, en hij wijst naar een snee in zijn gezicht, een kleine, diepe steek pal onder zijn oog, waar geen bloed uit komt maar die er grotesk en heel pijnlijk uitziet. Een lang en lelijk verhaal, zegt hij, en willen we het soms horen?

Er is echter geen tijd te verliezen, of liever gezegd die is er wel, maar je moet doen van niet, en je drijft het troepje de beslotenheid van het kantoortje in, en terwijl ze Simon op de leren bank leggen neem je Sam apart en licht hem in over de vrouw van de eigenaar en Simons dreigende ontslag. Als je daarmee klaar bent vraag je hem of hij Simon weer bij zijn positieven kan brengen en hij zegt ja natuurlijk, maar dan moet er wel betaald worden. Je vraagt Curtis en de kindacteur Simons broekzakken te doorzoeken en dat doen ze en ze vinden zijn portemonnee, maar die is leeg; je vraagt alle aanwezigen om een financiële bijdrage voor Simons hartversterkertje maar niemand reageert. 'Ik heb net genoeg voor mezelf,' zegt de kindacteur. 'Zelfs dat heb ik niet,' zegt Curtis. 'Ik was van plan een beetje van hém te bietsen.' Uiteindelijk informeer je de groep dat als Simon ontslagen wordt (de vrouw van de eigenaar is onderweg, zeg je nogmaals), ze voortaan allemaal altijd de volle prijs voor hun drank zullen moeten betalen, waarop alsnog het benodigde geld tevoorschijn komt, en een moment later wordt Simon op de bank overeind gehesen en wordt een spiegel vol cocaïne onder zijn klefroze gezicht gehouden. Je verzekert hem dat hij zo meteen weer kiplekker zal zijn en hij blikt naar je op en glimlacht, of bijna, of misschien is het een hatelijke grijns, en je vraagt je af of dit de laatste keer is dat je hem ziet; je hoopt van wel maar tegelijk ervaar je iets van vriendschappelijkheid, vermengd met een zweem van berouw. 'Het beste,' zeg je tegen hem, en tegen de groep. Ze zeggen niets terug. Je draait je om en loopt weg.

Je gaat terug naar de bar en stopt je ontvreemde geld in een geldtas – hij zit zo vol dat de rits niet dicht wil en je wikkelt er een theedoek omheen. De rouwklagers smachten naar drank en zijn begonnen servetjes naar je te gooien en je aan te roepen met onaardige en schunnige benamingen; als ze zien dat je alleen maar bent teruggekomen om weer weg te gaan, houdt de grootste je tegen door zijn vuist tegen je borst te plaatsen; hij laat je rechtsomkeert maken en beveelt je weer aan het werk te gaan. Hij is dronken en heeft enorm veel zin om je tegen de grond te slaan, maar je draait je weer om en zegt dat er een oude man een beroerte heeft gekregen op de parkeerplaats, en dat hij doodgaat als jij hem zijn medicijn niet brengt, en je houdt je jas omhoog, voorgevend dat het die van de oude man is. Prompt krijgt deze reusachtige dronkaard heldhaftige neigingen, en ruw duwt hij de mensen opzij om een pad voor je te banen. 'Uit de weg!' roept hij. 'We zijn hier een mensenleven aan het redden!' Hij loodst je door de brullende meute heen en als jullie het achterzaaltje hebben bereikt geeft hij je een klap op je schouder en wenst je succes en Gods zegen. Je bedankt hem en zegt dat hij maar een biertje uit de koeling moet nemen terwijl je weg bent en hij zegt dat hij dat zeker zal doen en haast zich er meteen op af.

Er staat een twintig man lange rij voor de wc maar

je moet ontzettend nodig pissen en met de smoes 'noodgeval, personeel!' dring je voor, en je krijgt een hele hoop gescheld en boegeroep van de ongeduldig wachtenden over je heen. De man voor aan de rij is woedend en zegt dat 'ze' het enige hokje al een kwartier bezet houden en je trekt je aan de deur op om eroverheen te kijken en ziet tot je verbazing de bontmantelvrouw bezig Junior te pijpen, of bezig geweest Junior te pijpen, want ze schijnt halverwege het karwei in slaap te zijn gevallen. Junior tikt haar voorzichtig tegen haar wangen. 'Kom op, schatje, even je hoofd erbij houden,' zegt hij. Ze doet haar ogen open en begint weer automatisch te zuigen. De afmeting van Juniors geërecteerde lid is absurd. Oogverblindend. Dit, zeg je bij jezelf, bestaat niet.

'Hoe kan het dat jij niet beroemd bent?' vraag je, en hij kijkt omhoog.

'*Papa was a rollin' stone*,' zingt hij, maar je kunt niet uitmaken of dit zijn antwoord is of dat hij met zijn gedachten elders is. Er stroomt bloed over zijn gezicht. Dit is voor het laatst dat je Junior ziet, en je zwaait een groet.

Je urineert in de wastafel. De man voor aan de rij kijkt toe, hij is buiten zichzelf van kwaadheid en frustratie. Hij slaat met zijn vuist tegen de muur en je vraagt je af of hij jou zal slaan maar dat doet hij niet, al wil hij het wel en beweert hij dat je een oplawaai verdient, waar hij vermoedelijk gelijk in heeft, veronderstel je, en je zegt tegen hem dat hij gelijk heeft. Je ritst je gulp dicht en loopt langs hem en hij spuugt naar je en je voelt het spuug op je rug. De mensen in de rij vinden het prachtig en beginnen te klappen en complimenteren de spuger, en je kijkt om en ziet zijn blije, verlegen gezicht, en je ziet hem handen schudden en onhandige high-fives maken met de omstanders, en hij is zo trots dat hij je bespuugd heeft en je weet zeker dat dit het absolute hoogtepunt van zijn leven is en de aanblik van zijn dikke, blije kop grijpt je naar de keel en je snikt, en er dreigen meer snikken op te wellen als je niet heel goed oppast en je emoties bedwingt en dat doe je, maar je vraagt je af waarom het miezerige gezicht en bestaan van dit mannetje zo'n gevoel bij je losmaken, een gevoel waar je, bij gelegenheid, over moet vertellen. Je wikkelt de theedoek van de geldtas en veegt het spuug ermee van je rug af. Je gooit het vod op de grond en spuugt erop.

Halsoverkop sluip je het achterzaaltje weer in, de geldtas stevig tegen je zij gedrukt. Onmiddellijk merk je dat er iets gebeurd is sinds je tripje naar de wc, dat er een of andere ordeverstoring heeft plaatsgevonden, want iedereen om je heen staat roerloos, de ogen strak gericht op een punt in het midden van de ruimte. Je volgt hun blikken en ziet dat het altaar is omgestoten en dat er twee groepjes mannen zijn, waarvan een deel zojuist slaags is geweest en een ander deel op het punt staat slaags te raken; sommige gezichten bloeden en je slaat je armen over elkaar om getuige te zijn van nog één laatste manifestatie van verderf en zegt hardop tegen de man naast je: 'Perfect'.

Vertel over de twee kampen met zojuist slaagsgeraakten en aanstonds slaagsrakenden. Aan de ene kant de broers en ooms van de overledene. Ze zien eruit als maffiosi of in elk geval zoals maffiosi eruitzien op tv en in de film: groot, imposant, mannelijk, niet of slecht geschoren en niet in vorm. Daartegenover Simon, Curtis, de kindacteur, Raymond, Sam en Ignacio. Ignacio met getrokken mes voor aan de troep; hij jaapt met het mes in zijn ondoordringbare broek. 'Gezien?' zegt hij. 'Zien jullie dat? Hufters!' Kennelijk probeert hij aan te tonen dat hij onkwetsbaar is of moeilijk kwetsbaar – zijn ogen staan groter, lelijker en krankzinniger dan je ze ooit hebt gezien en je beseft dat zijn talloze verhalen over geweld en vergelding waarschijnlijk voor een flink deel op waarheid berustten. Maar waarom, vraag je je af, zijn deze twee groepen slaags? Je vraagt het aan een vrouw naast je en ze zegt: 'Die grote kerels betrapten die blonde barman toen hij een hap nam van de hamburger op de tafel. Een van hen gaf hem een dreun en toen begon iedereen erop los te slaan.' Je kijkt naar Simon; hij knelt nog een stuk van het broodje in zijn vuist en er zit een veeg mosterd op zijn bovenlip, die zich vermengt met het bloed dat uit zijn neusgaten drupt. Hij rilt en heeft duidelijk een flinke portie van Sams cocaïne genomen maar niet genoeg om weer helemaal bij zijn positieven te komen. Hij zwalkt tussen twee werelden, bungelt ergens tussen overmatige dronkenschap en overmatige high, en hij begrijpt niet wat er gebeurt en je voelt een aandrang hem te hulp te schieten want het is duidelijk dat het geweld zo dadelijk weer zal losbarsten en dat de barploeg wat betreft zowel postuur als nuchterheid in het nadeel is. Uiteindelijk roep je naar hem en je wenkt met je hand, en hij spot je in de volte en glimlacht en zwaait. Dan glijdt zijn blik omlaag en ziet hij de geldtas onder je arm, en je veronderstelt dat hij niet precies snapt waarom je zo'n ding bij je hebt maar wel vaag beseft dat er iets niet klopt en hij doet een stap in je richting en zegt: 'Wacht. Nee. Wacht even. Stop.' Je schuifelt naar achteren, op zoek naar een uitweg, je al afvragend of je jezelf een weg naar buiten zult moeten vechten, maar dan zie je dat dit niet nodig zal zijn omdat Simon recht in de armen is gelopen van de groep mannen met wie hij zo-even nog slaags was en dat zij, in de veronderstelling dat hij de vijandigheden wil heropenen, hem tegen de grond slaan, waarbij de aangegeten hamburger door de lucht vliegt, en nu duiken de twee groepen boven op elkaar en zwaaien hun vuisten lukraak door het rokerige halfdonker.

De mensen drommen de ruimte binnen om een grotere glimp van de knokpartij op te vangen, en door het gedrang heen sluip jij naar de weldadige stilte van de magische Ford. Je handen en schouders trillen van spanning en vermoeidheid maar je hebt de tegenwoordigheid van geest om de geldtas diep onder de bijrijdersstoel weg te stoppen voor je je in het verkeer voegt. Langzaam rijd je naar huis; de zijstraten, de anonieme buurten van de slapende werkende klasse, zijn verlaten. Je komt geen politie tegen en dankbaar geef je een klopje op de zitting naast je. Je laat de Ford met draaiende motor in de carport staan en wipt de treden van de veranda op om een koffer te pakken en de huisbaas een briefje te schrijven dat hij je meubels maar moet verkopen en je borgsom mag houden. Je stopt je reeds eerder en nu vanavond ontvreemde geld bij elkaar in een kussensloop en loopt terug naar de Ford om aan de ontsnapping van je leven te beginnen maar komt tot de ontdekking dat deze laatste rit naar huis het laatste restje magie van de auto heeft opgebruikt; de motor is afgeslagen en wil niet meer starten. Je zit in de carport, uitgeput, en staart verbijsterd naar het dashboard: zo dood als een pier. Je gaat je huis weer in en belt een taxi; de juffrouw van de centrale zegt dat er binnen vijftien tot twintig minuten een zal voorrijden en je zegt dank u en trekt de stekker uit het contact en doet de telefoon in de vuilnisbak. Je gaat in je Ford zitten wachten. De krekels zijn gestopt met tsjirpen. Het is het uur van die onkenbare, bovenaardse leemte tussen nacht en dag.

DE POKDALIGE BALIEMAN schopt tegen je voetzolen en zegt dat je wakker moet worden. 'Wakker worden,' zegt hij. Het is zeven uur 's ochtends en je gezicht is nat van dauw en zweet.

'Wat?' zeg je. 'Wat?'

'Ik ga de politie bellen.'

'Ik ben wakker, ik ben wakker,' zeg je, en je staat

zo snel op dat je bijna flauwvalt. Je gaat weer zitten. Je was in slaap gevallen op je kussensloop met geld. Je koffer staat naast je. Je zit voor het autoverhuurkantoor.

De taxichauffeur die je hiernaartoe reed, een Afrikaanse immigrant met een pikzwarte huid en bezorgde gele ogen, was nieuwsgierig naar je en stelde vragen om zicht te krijgen op je plaats in de wereld.

'Maar het verhuurkantoor gaat pas over een paar uur open,' had hij gezegd.

'Geeft niet,' zei jij. 'Afstand van de plaats delict is waar het nu op aankomt.'

'Plaats delict,' herhaalde hij. In de achteruitkijkspiegel flitsten zijn ogen naar jou.

'Ik gaf te weinig fooi hoewel ik wist dat het fout was,' legde je uit. 'Ik praatte van te dichtbij en met een slechte adem. Ik dronk roekeloos, en zonder wroeging. Ik sprak buitensporig veel over mezelf, zonder respect voor de waarheid of voor de verveling van anderen.' Je krabde aan je kin en knikte, je was het met jezelf eens. 'Ik sliep slecht maar ik kan het nog navertellen.'

'Aha, u maakt een grapje,' zei de taxichauffeur.

'Ik weet niet.'

'Bent u ongelukkig?'

'Ik ben ongelukkig gewéést.'

'Maar nu is het vakantie?' vroeg hij hoopvol.

'U bent een aardige man,' zei je, en hij haalde zijn schouders op.

De pokdalige balieman is niet zo aardig, en wat erger is, hij herinnert zich je van de vorige keer. Zijn kijk op het leven, die de vorige keer al niet vrolijk was, is zo mogelijk nog versomberd en je moet wel aannemen dat het er somberder voorstaat met zijn leven zelf. De gedachte aan de dagelijkse bezigheden van deze lelijke, ongelukkige man stemt je treurig en je hebt hoofdpijn maar geen aspirine om de pijn te stillen. Je vraagt de balieman om een aspirientje en hij zegt dat hij er geen heeft; op de een of andere manier weet je dat hij liegt. Dus dit is de laatste beproeving: een voertuig huren van een man die jou niet mag en nooit zal mogen, maar met wie je je toch zal moeten verstaan omdat je anders geen vervoer hebt, dat je de vrijheid zal verschaffen om rond te zwerven en te ontsnappen, maar waarheen heb je nog niet besloten.

'Wat is de snelste route om Californië uit te komen?' vraag je.

'Wat?' vraagt hij, terwijl hij doorgaat met typen op zijn toetsenbord. 'Wat?'

'Ik wil een snelle wagen deze keer,' zeg je. 'Laat die beenruimte maar zitten. Ik wil de snelste, gevaarlijkste auto die u hebt.'

De man buigt naar voren en haalt omstandig zijn neus op. Hij draagt je op jezelf een kop gratis koffie in te schenken, die hij zojuist gezet heeft, en dat doe je, en de smaak is afgrijselijk. Je staat bij de brochurestandaard en luistert mee met het telefoongesprek dat de balieman voert. Opnieuw is hij in gesprek met zijn regiomanager, opnieuw in de hoop je autoloos weg te sturen, en hij maakt gewag van je onaangename lichaamsgeur en je wens om de staat Californië te ontvluchten, en opnieuw kiest de regiomanager jouw kant en uit de opmerkingen van de balieman concludeer je dat zijn chef evenmin veel opheeft met de Golden State: 'Smog, ja ja, ik weet het, meneer. Files, inderdaad. Wat u zegt, de vervuiling. Ja, ik begrijp het, meneer. Maar die kerel hier...'

Het haalt niets uit, en de balieman is gedwongen jou de auto te verhuren. Bij het invullen van de formulieren smijt hij met pennen en hanteert hij het papier met onverhulde kwaadaardigheid en de haat waarmee je hem de transactie ziet afhandelen vervult je met onmiskenbaar medelijden en treurnis voor deze man, en zodra hij je de sleutel heeft overhandigd van je gloednieuwe sportwagen, die je van plan bent door misbruik en overgebruik in de soep te rijden, zeg je tegen hem: 'Niet dat het mij wat aangaat, maar misschien is het tijd dat u naar ander werk uitziet?'

Zijn gezicht blijft koud en uitdrukkingloos. 'Dat gaat u inderdaad niets aan,' zegt hij.

'Het gaat me niet aan, maar misschien is het tijd dat u helemaal stopt met werken.'

'Stopt met werken en dan wat?'

'Proberen gelukkig te zijn?' opper je.

De balieman kijkt je recht in je ogen. Je hoopte hem een alternatief aan de hand te doen voor zijn huidige, overduidelijk onbevredigende levensinvulling maar je woorden klonken dom en kinderachtig, en hoewel je even zijn aandacht had ben je die nu weer kwijt en hij begint weer op zijn toetsenbord te tikken, hoofdschuddend om je dwaasheid.

'Dank u,' zeg je, en terwijl je naar de deur loopt, naar je sportwagen die langs de stoeprand staat te wachten, sterft het getik weg en je gelooft dat hij je nakijkt en overpeinst wat je tegen hem zei. En terwijl je uit Los Angeles wegrijdt denk je aan die man die zorgelijk en haatdragend zit te tikken, en je denkt aan de vriendelijke taxichauffeur met al zijn vermoedelijke problemen en rugpijnen en hartenpijnen, en je denkt aan Simon, momenteel bewusteloos op de smerige tapijtvloer van de bar, zijn gezicht besmeurd met as en bloed en mosterd, en je denkt aan jezelf en aan de zes jaar die je met je broodmagere armen huiverend in het koude bruine afwaswater in de spoelbakken van de bar hebt doorgebracht en je verafschuwt jezelf omdat je je ongeluk zo lang hebt laten voortduren zonder er iets aan te doen, en je belooft jezelf dat je dat nooit meer gaat laten gebeuren, en dat je gaat proberen gelukkig te zijn, zoals je de balieman voorhield, kinderachtig of dom of wat ook, dat doet er niet toe. Ik ga proberen gelukkig te zijn, denk je bij jezelf, en je hart zinkt in je maag, zoals in een voortrazende rollercoaster, en je hart wil huilen en snikken maar jij wil niet huilen en je stompt jezelf keihard midden op je borst en het doet heel erg pijn maar je rijdt door, en je gezicht is droog en blijft droog maar het scheelde maar een haartje, wees eerlijk.

De tijd verstrijkt en je schudt je hoofd. 'Van werken word je gek als je je gek laat maken,' zeg je. En daarna houd je een hele tijd je mond.

Met dank aan

Leslie Napoles

Gustavo Valentine deWitt
Susan deWitt
Mike deWitt
Nick deWitt

Peter McGuigan
Hannah Gordon Brown
Stephanie Abou
Foundry Literary

Jenna Johnson
Tina Pohlman
Laurence Cooper

Dennis Cooper
Matt Sweeney
D.V. DeVincentis
Hunter Kennedy
Andy Hunter
Carson Mell
Azazel Jacobs

Gabriel Liebeskind

Uitgeverij Nijgh & Van Ditmar stelt alles in het werk om op milieuvriendelijke en verantwoorde wijze met natuurlijke bronnen om te gaan. Bij de productie van dit boek is gebruikgemaakt van papier dat het keurmerk van de Forest Stewardship Council (FSC*) mag dragen. Bij dit papier is het zeker dat de productie niet tot bosvernietiging heeft geleid.

FSC
www.fsc.org

MIX
Papier van
verantwoorde herkomst
FSC® C116331